義娘が悪役令嬢として
破滅することを知ったので、
めちゃくちゃ
愛します
～契約結婚で私に関心が
なかったはずの公爵様に、
気づいたら溺愛されてました～
author
shiryu
illust
藤村ゆかこ

C o n t e n t s

Character

ソフィーア・ベルンハルド

公爵家に嫁いだ、元伯爵令嬢。

レベッカが破滅する未来を防ぐため、彼女と本物の家族になれるよう奮闘する。

アラン・ベルンハルド

公爵家頭首。

義娘であるレベッカの母親役を演じてもらうため、ソフィーアと契約結婚をした。

レベッカ・ベルンハルド

ソフィーア、アランの義娘。

アランの弟夫妻の子供だが、両親が事故で亡くなったことを機にアランの養子となる。

ネオ

ベルンハルド家の執事長。

義娘が悪役令嬢として破滅することを知ったので、めちゃくちゃ愛します

～契約結婚で私に関心がなかったはずの公爵様に、気づいたら溺愛されてました～

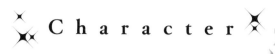

プロローグ

これは、予知夢だ。

私、ソフィーアはすぐにそう認識できていた。

『レベッカ・ベルンハルド！　貴様は王子の婚約者という立場を利用し、多くの令嬢に目に余る横暴を働き、さらには王子を毒殺しようとした！　よって反逆罪で、処刑とする！』

役人にそう宣告された女性、レベッカ・ベルンハルドは手錠をされて床に転がったまま、涙を流しながら懇願する。

ここは王宮の社交パーティーをする大きな会場のようで、その真ん中でレベッカが泣き崩れている。

『な、なんで私が、処刑になんて……！　私はただ、王子の愛が欲しかっただけで……！』

『だから横暴に振る舞ったのか？　それで王子の関心を引けると？　嫉妬《しっと》して王子を殺そうとしたのだろう？』

『だって私が婚約者なのに、他の女が王子に話しかけて……！　王子も楽しそうに話していて、私には全く笑顔を見せないのに……！』

言い訳を繰り返すレベッカに、集まった貴族は冷たい視線を送っていた。

『アラン・ベルンハルド公爵、この決定に異論はあるか？』

その場にいた、レベッカの義父で公爵家当主であるアラン・ベルンハルド。

レベッカは縋《すが》るような目で側に立っているアランを見るが……。

『異論は、ありません』

育ての親であるアランの一言に、絶望の表情を浮かべる。

『そん、な……』

レベッカはそのまま、アランの横にいる義母である私を見た。

その表情を見て、私は心が抉《えぐ》られるように痛む。

耐えられなくなって、思わず視線を逸《そ》らした。

そして役人が宣言する。

『ここに、レベッカ・ベルンハルドの処刑の決定を言い渡す！　処刑は後日――』


「はっ……！」

ようやく、私は最悪の予知夢から目覚めた。

「はぁ、はぁ……」

とても豪奢《ごうしゃ》なベッドの上で、汗だくになりながら息を整えていた。

久しぶりに予知夢を見たけど、本当に最悪だったわ。

――私は『ギフト』という特殊能力を持っていて、『予知夢』を見ることがある。

こんな能力を持っていると知られれば絶対に面倒なことになるので、誰にも言ったことはないけれど。

予知夢は意図して未来を見ることはできないがとても正確で、何も行動に移さなければ絶対にその未来は訪れる。

つまりこのままでは私の義娘となったレベッカは将来、王子と婚約してから多くの令嬢に横暴を働き、最後には王子を毒殺しようとして処刑される。

レベッカが私の義娘になったのは一週間前、私がアラン・ベルンハルド公爵に嫁いでから。

貴族のイングリッド家に生まれた私だけど、実家は貧乏な伯爵家で有名だった。

だから両親は公爵家から与えられる結婚準備金を目的に婚約話に食いついて、私の意思を聞くこともなく政略として契約結婚を決めた。

なぜ私に婚約話が来たのか……それはアラン様が一年前に引き取った、義娘のレベッカ嬢が理由だ。

レベッカ嬢はアラン様の弟夫婦の娘なのだけれど、その弟夫婦は事故で亡くなったらしい。

だからアラン様が引き取って義娘にした。けれどアラン様は結婚していない。

そのため娘が出来たのだから妻も、という声が多く上がり、アラン様に婚約話が多く届いたらしい。だけどアラン様は……。

『女など面倒だ、金は払うから妻役だけをやってくれる令嬢がいい』

ということで、イングリッド伯爵家の令嬢である私に声がかかったようだ。

それと選ばれた理由はもう一つ。

『レベッカに少し似ているから』

ということだった……。いや、ベルンハルド家に嫁ぐ前にレベッカ嬢と一回だけお会いしたけど、似てるのは同じ金色の髪だけじゃない？　顔立ちはそこまで似てないと思う。

そして、その後は嫁いだ際に顔合わせで一回会っただけ。

妻役というのはアラン様とレベッカ嬢が社交の場に出る時に妻を演じるだけで、ちゃんとした家族になるわけではなかった。

私はそれを理解していて、逆らわなかったけど……それがきっと、将来レベッカ嬢が破滅してしまう原因なのだろう。


レベッカ嬢は、今はまだ十歳。

彼女は両親を亡くしてアラン様に引き取られてから一年間、「公爵家の令嬢たれ」ということで厳しい教育を受けている。

レベッカ嬢の両親は、最悪に近い親だった。

公爵家だった父親は、婚約者がいたにもかかわらず男爵の令嬢である母親と愛人関係にあり、その愛人が子供を産んだ。その子供がレベッカ嬢だ。

父親は公爵家を勘当され、母も男爵家を勘当されて、手切れ金を手に平民街で暮らしていた。

二人は「子供が産まれなければ自分達は貴族でいられた」と思い、レベッカ嬢を憎んでいたらしい。完全に自分達のせいなのに。

暴力などは振るわなかったようだが、レベッカ嬢に食事を与えるだけで無視していたようだ。

幼少の頃から無視されて、罵倒《ばとう》されて、愛など全く受けずに生きてきたレベッカ嬢。

その最悪の両親が亡くなってからすぐに、また誰も知らない公爵家に引き取られる。

両親のもとにいた頃よりも生活は良くなったと思うが、いきなり令嬢の教育を受けることになり、相当大変だっただろう。

アラン様はレベッカ嬢に興味がないのか、ほとんど会うこともなく、一カ月に一度の食事会でも会話もしない。

ここからは予知夢で見た内容なのだが……これから愛を与えられない環境で厳しく育っていくレベッカ嬢は、愛情に飢えていく。

そして十八歳になった頃に王子との婚約が決まって、愛を強く求めるのだが、王族と貴族の婚約に愛などは必要とされていない。

実際に、私とアラン様の間にも愛などはない。

ただアラン様にとって私と結婚するのは都合がよく、私も親の取り決めで結婚しただけ。

レベッカ嬢もそれを知っているはずだけど、愛を知らずに育った彼女は王子からの愛を求めてしまった。

王子と話す令嬢に嫌がらせをして王子から遠ざけて、自分が愛を受けようとする。

しかしそんなレベッカ嬢を王子が好きになるわけがなく、むしろ心は離れていく。

最後にはレベッカ嬢が王子を毒殺しようとして……というのが、予知夢で見た未来だ。

「なんて可哀《かわい》そうなの、レベッカ嬢は……！」

私は共感してしまい、思わずそう呟《つぶや》いた。

このままでは予知夢のとおりに、処刑されるようなことになってしまうだろう。

ただ私の予知夢の素晴らしいところは、対策が出来るところだ。

「絶対に、レベッカ嬢を助けるわ……！」

義娘のあんな未来を知って、何もしないわけにはいかない。

まだ二回しか会ってないけれど、私とレベッカ嬢は家族になった。

契約結婚だとしても、そこに変わりはない。

だけど今はまだ書類上の家族でしかないから、まずはそこを変えないと。

私がレベッカ嬢に愛情を伝えて、しっかりとした家族関係を築ければ、未来でレベッカ嬢が処刑されるようなことはなくなる……かもしれない。

「私だけがあの未来を知ったんだから、絶対に回避してみせるわ！」

第一章　家族への一歩

まずやることは……レベッカ嬢に会わないとね。

あの未来を回避するためには、レベッカ嬢が愛に飢えないようにしないといけない。

つまり、今からレベッカ嬢と仲良くなること、これが一番大事ね。

私はベッドから起き上がり、自分で身支度をして部屋から出る。

ベルンハルド公爵邸はとても広く、いくつか屋敷に分かれている。

私が今いるのは本邸で、ここにレベッカ嬢はいない。

彼女は別邸の一番広い部屋に一人で住んでいて、そこで厳しい教育を受けている。

おそらくアラン様も良かれと思って広い部屋に住まわせているのだろうけど、まだ十歳ほどの彼女は寂しいと感じるだろう。

だから本邸を出てレベッカ嬢に会いに行こうとしたのだけど……。

「ソフィーア嬢、どこに行くんだ？」

廊下を歩いていると、後ろから男性に話しかけられた。

「アラン様……！」

ベルンハルド公爵家の当主で私と契約結婚をした、アラン様だ。

どうやらすでに今日の授業を受けているらしい。

私が昼まで寝ていたから、それは想定済みだ。

「今はどこで何をやっているの？」

「二階の広間でダンスの稽古《けいこ》をなさっているはずです」

「そう、ありがとう」

私はお礼を言って、レベッカ嬢がいるという二階の広間へと向かう。

大きな扉があってすぐに開けようとしたけど……一応、稽古を受けているので邪魔をしたらいけないと思い、こっそり開けて中を覗く。

中には何人かのメイドが壁際にいて、広間の真ん中にレベッカと女性のダンスの先生がいた。

レベッカ嬢は十歳だから他の大人よりも身長が低く、私と並んでも胸辺りまでしかない。

金色の長い髪はとても綺麗《きれい》で、だけど顔立ちは目がぱっちりとしていて可愛《かわい》らしい。

アラン様は私が「レベッカと似ている」と言っていたけど、結構違うと思う。

私もアラン様と同じように、顔が怖いと言われることがある。

目尻が上がっているので、普通に見ているだけなのに睨《にら》んでいると勘違いされたことが何度もある。

だからやっぱり顔立ちが可愛らしいレベッカ嬢と私は髪が金色、というだけが共通点ね。

そんなレベッカ嬢だけど、今はその表情がとても険しい。

ダンスの練習のためなのか、頭に本を置かれている。

そのまま部屋を歩いているのだが……歩いている途中に落としてしまう。

それを焦って拾って自分で頭に乗せて、また歩いては落としてを何回か繰り返す。

側で見ている先生が、はぁとため息をついた。

するとレベッカ嬢はビクッと震える。

「何度やったら出来るのですか？　早く次の練習に移りたいのですが」

「は、はい、すみません……」

先生の言葉にとても萎縮《いしゅく》しながら返事をするレベッカ嬢。

十歳の子供がやるような練習？　厳しすぎるでしょ。

大人の私ですら、本を頭に乗せて歩くのは難しい。

それと気になってたけど、指導をしている先生、どこかで見たことある気がするわね……。

ここからだと横顔しか見えないけど……あっ、思い出した、確かナーブル伯爵夫人だわ。

以前社交界で見たことがあって、評判がかなり悪い人だった。

自分よりも爵位や地位が低い方には高圧的で、ナーブル伯爵家でも執事やメイド達に乱暴な態度を取っているらしい。

だけど社交パーティーのマナーを教える講師も務めているとも聞いたことがあるから、それでレベッカ嬢の教育の先生に選ばれたんだろうけど……。

「また落として！　何をしているのですか!?」

「す、すみません……！」

レベッカ嬢が萎縮《いしゅく》して言い返してこないのをいいことに、乱暴な態度を取って……！

あんな教育を繰り返していたら、心に傷を負うに決まっている。

もう見ていられないわ！

私は扉をバンッと音を立てて開ける。

すると全員が私の方を見て目を丸くする。

「奥様……！」

メイドや執事たちは驚きながらも、すぐに私に一礼をする。

一週間前に嫁いできたとしても、私は公爵夫人。立場上こんな反応になるのは当然だろう。

「ソ、ソフィーア様、ごきげんよう」

レベッカ嬢が私を見てスカートの裾《すそ》を持って綺麗《きれい》に頭を下げた。

まだ私とレベッカ嬢は二回しか会ったことがないから、他人行儀なのは仕方ないでしょう。

今、大事なのは……。

「ソフィーア嬢、ごきげんよう。なぜこちらに？」

先生役を務めているナーブル伯爵夫人ね。

彼女は頭を下げることなく、笑みを浮かべて私を見下すような目をしている。

前まで私は貧乏伯爵家の令嬢で、ナーブル伯爵夫人よりも地位が下だった。

彼女の性格上、私のことを見下すのは当たり前。

だけど、今は違う。

「ナーブル伯爵夫人、ごきげんよう。ですがその態度は、公爵夫人である私に対して適当でしょうか」

「っ!?」

一週間前に私は公爵夫人となったのだ。

まあ契約結婚でなったものだから、威張れるものではないけど。

だけど今の私が公爵夫人なのは覆りようのない事実で、伯爵夫人と比べたら爵位も地位も上だ。

それこそ、今のナーブル伯爵夫人の態度を咎《とが》められるくらいには。

「レベッカ嬢を教育する先生として、相応《ふさわ》しい態度を取っていただきたいですね」

暗に「そうしないと解雇する」と伝えているのだが、伝わっているかしら？

「っ……失礼しました、ソフィーア公爵夫人。以後気を付けます」

伝わったのかはわからないけど、ナーブル伯爵夫人は頭を下げて謝った。

だけど表情は納得しているようではなく、恨めしそうに唇を嚙《か》んでいるのが見えた。

彼女が何を思おうと、どうでもいいけど。

私はレベッカ嬢に近づいて、腰を落として彼女と視線を合わせる。

ぱっちりとした目が不安に揺れている。

なぜ私が来たのかよくわからないようね。

一週間前に一回会っただけの、いきなり出来た書類上の家族。

十歳のレベッカ嬢が警戒するのは当然よね。

「レベッカ嬢、ごきげんよう。久しぶりね」

「は、はい、お久しぶりです」

まだレベッカ嬢からは敬語で話される、まあ仕方ないわね。

いつか私のことを本当の家族だと思って、気軽に話しかけてくれたら嬉《うれ》しいけど。

これから頑張って愛を伝えていかないと。

「今日はレベッカ嬢と昼食を一緒に食べたいと思って来たの」

「っ、昼食ですか……？」

「ええ、どうかしら？」

真顔だと怖がられるかもしれないので、私は笑みを浮かべて彼女に提案する。

「あ、ありがたいですが、その……」

レベッカ嬢は視線を私から逸《そ》らして、チラッとナーブル伯爵夫人のことを見る。

「ソフィーア公爵夫人、レベッカ嬢は現在、昼食を抜いております」

「……はっ？」

ナーブル伯爵夫人の言葉に、私は思わず声を出してしまった。

レベッカ嬢の昼食を抜いている？

私は立ち上がってナーブル伯爵夫人を少し睨《にら》む。

「どういうことですか？」

「そのままの意味です。私は彼女の食事管理も任されておりますので」

当然、といった表情で彼女はそう言い切った。

「なぜレベッカ嬢の昼食を抜く必要があるのですか？」

「体型維持のためと、忍耐力を鍛えるためです」

十歳の女の子に、昼食を抜いて体型維持？

育ち盛りの子供に満足に食べさせないなんて、成長を阻害するだけじゃない。

忍耐力を鍛えるなんて、他のことでも出来る。

というか令嬢の教育は全て忍耐力が必要なのだから、普通の教育を受けているだけでも身に付くはずだ。

それでさらに昼食を抜くなんて、成長を阻害して体調も悪くなるだけで、最悪だわ。

「昼食を抜くことを今すぐやめなさい。まだ小さいレベッカ嬢にそんなことをしても、健康に悪いだけです」

「っ、ですがレベッカ嬢の教育係は私です。いくらソフィーア公爵夫人でも、私の教育に口を出されるわけにはいきません」

確かにナーブル伯爵夫人の言うことも一理ある。

彼女に教育係を任せたのは公爵家なので、レベッカ嬢の教育に口を出すのは契約違反だろう。

それならば……。

「では、あなたを教育係から解雇します」

「なっ!?」

私の解雇宣言に、大きな声を上げて驚くナーブル伯爵夫人。

公爵夫人である私の言うことを無視するのであれば解雇すればいいだけの話だ。

もしかしたらアラン様との契約に背くことになるかもしれないけど……覚悟の上だ。

「今までありがとうございました。他の方を探しますので、どうかお引き取りを」

「ソ、ソフィーア公爵夫人！　そんな浅はかな考えはどうかお止めください……！」

「いいえ、あなたではレベッカ嬢を任せられないと判断しただけです。先程、ダンスの練習をしている際のあなたの態度も見ましたが、あんな高圧的な態度を取る方にレベッカ嬢の先生は務めてほしくありません」

「っ……！」

ナーブル伯爵夫人は顔を赤くして怒っているようだが、何も言えずにいる。

私が公爵夫人だから、ギリギリで暴言を吐くことをとどめているのだろう。

「お帰りください」

「っ……失礼します」

彼女は私を睨《にら》みながら一礼して、足早にこの部屋を出て行った。

ふぅ、私も少し勢いでやってしまったけど、これでよかったのかしら？

だけどこれから数年にかけてレベッカ嬢に令嬢の教育をしていく先生を、あの人に任せられないのは事実。

あんな教育をずっと続けていたら、レベッカ嬢は予知夢のように悲しいことになってしまったかもしれない。

「あ、あの……」

レベッカ嬢が不安そうに私を見上げながら声をかけてきた。

「ごめんなさい、みっともない姿を見せたわ」

「い、いえ、そんなことは……」

「ありがとう。じゃあ、一回お稽古《けいこ》は終わりにして、一緒に昼食を食べましょ？」

「その、いいのでしょうか？　私が昼食を食べても……それにまだダンスの稽古も終わってないです……」

レベッカ嬢はとても不安そうにしながらも、その瞳《ひとみ》の奥には少しの期待が込められている気がした。

私は意識して優しい笑みを作りながら話す。

「いいのよ、しっかり食べて健康的に過ごすのも大事だわ。それに昼食をいつも抜いているんだったら、お腹《なか》が空いているでしょ？」

「い、いえ、特に空いては……」

レベッカ嬢が言葉を発する前に、彼女のお腹から「ぐぅ」という可愛《かわい》らしい音が鳴った。

瞬間、レベッカ嬢は顔を青くしてお腹を押さえた。

「す、すみません！　お腹を鳴らしてしまって、はしたないことをしてしまって……！」

慌てて青い顔で謝るレベッカ嬢を見て、私は教育係のナーブル伯爵夫人への怒りがまた膨れ上がってきた。

十歳の女の子がお腹が鳴って恥ずかしがるんじゃなくて、青い顔になって謝る？

どんな教育をすれば、こんな反応をするようになるの？

勢いで解雇してしまったけど、本当によかったわ。

私は膝《ひざ》をついて視線を合わせ、彼女の頭を撫《な》でる。

手を伸ばした時にビクッとしていたけど、頭を撫で始めると不思議そうに私を見てきた。

「大丈夫よ、全く怒ってないわ」

「お、怒ってない、ですか？」

「ええ、むしろ愛らしくて口角が上がってしまうわ」

私は両手の人差し指で口角をわざと持ち上げて、「ほら」と言った。

「レベッカ嬢のお腹の虫のせいで、こんなに上がってしまったわ」

「……ふ、ふふ」

私の無理やり口角を上げた変な顔を見て、レベッカ嬢は思わず笑ってしまったようだ。

なんて愛らしい笑みなの……！

こんな可愛い子が将来、破滅する運命なんて絶対に変えてみせるわ。

「一緒に食べましょ？　ねっ？」

レベッカ嬢の手を優しく握ってそう言うと、彼女は困惑しながらも「は、はい」と返事をしてくれた。

「じゃあ行きましょ。メイドさん、私とレベッカ嬢の昼食を準備して。私もこの別邸の食堂で食べるから」

「かしこまりました」

後ろで見ていたメイドにそう声をかけてから、レベッカ嬢の手を引いて食堂へと向かう。

最初は繋《つな》いでいたレベッカの手に全く力がこもっていなかったが、しばらく廊下を歩いているると少しだけきゅっと力が入った。

レベッカ嬢を見ると私のことを不安げに見上げていて……不謹慎にも上目遣いの表情がとん

でもなく可愛《かわい》くて、私の胸がきゅっとなった。

「レベッカ嬢、好きな料理はあるかしら？　何か食べたいものは？」

「え、えっと、わからないです……すみません」

「謝る必要はないわ、レベッカ嬢。まだ自分の好きな物がわからないなら、これから見つけていけばいいのよ」

「は、はい」

私とレベッカ嬢は手を繋《つな》いだまま歩いていき、食堂の席に座る。

普通なら対面に座るのだろうが、公爵家だからテーブルがとても大きい。

対面に座ったら遠くなってしまうので、私はレベッカ嬢の横に並んで座った。

「あ、あの、こういう場合、対面に座るのではないのでしょうか？」

レベッカ嬢はすでにテーブルマナーなどを学んでいるのか、不思議そうに問いかけてきた。

「確かにそうだけど、私達は家族だから大丈夫よ」

「っ、家族……ですか？」

「ええ、家族よ」

驚いたように私の顔を見つめるレベッカ嬢。

彼女は今まで家族の愛を受けたことがない。

だけどこれからは私が彼女をしっかり愛していくつもりだ。

その後、すぐに昼食が次々と運ばれてくる。

いきなり別邸で私が食べると言ったので料理人には迷惑をかけたと思ったが、とても綺麗《きれい》で美味《おい》しそうな料理が運ばれてきた。

さすが公爵家ね、雇っている人も一流だわ……教育係以外は。

なんであんな教育係にしたか、アラン様に聞かないといけないわね。

そんなことを考えながら食事をしていると、隣にいるレベッカ嬢の食事の手が止まりかけていた。

まだ結構余っているようだけど……。

「どうしたの？」

「あ、その、すみません、いつもより少し量が多くて……」

「もう食べられない？」

「い、いえ、食べられますが……こんなに食べていいのですか？」

そうか、レベッカ嬢はずっと食事管理をされていたから、食べることに罪悪感を覚えているのね。

「大丈夫よ、いっぱい食べて。どれが好きとかあるかしら？」

「え、えっと、どれもすごく美味しくて、全部好きです！」

はぁ、レベッカ嬢の無垢《むく》な笑顔が可愛いわ……！

周りにいるメイドや執事も微笑《ほほえ》ましそうにしているわね。

さっきの稽古《けいこ》の時には使用人たちは顔をしかめているか、顔を逸《そ》らしていた。

本当なら止めたいけど、立場上それは出来なかったってことね。

使用人には良い人が多そうでよかったわ。

昼食の量は結構多かったけど、レベッカ嬢はしっかり全部食べられた。

十歳の食べ盛りだから、いっぱい食べられてよかったわ。

「美味《おい》しかった？」

「はい、とても美味しかったです！」

とても可愛《かわい》らしい笑みを浮かべているレベッカ嬢。

今日一番の笑顔ね、やっぱり食事は人を幸せにするわね。

「今日この後はどういう予定だったの？」

「えっと、この後は座学で……ふぁ」

あら、可愛いあくびね。いっぱい食べて眠くなっちゃったのかしら。

そんなことを思っていたら、またレベッカ嬢が慌てたように顔を青くする。

「す、すみません！　はしたない真似《まね》を……！」

申し訳なさそうな顔、さっきまで愛らしい笑みを浮かべていたのが嘘《うそ》みたいだ。

私はもうその表情を見ていられず、横に座っていた彼女を抱きしめた。

「っ、えっと、ソフィーア様……？」

「ここにはあなたを怒る人なんていない。だからそんなに謝らないで」

私は抱きしめたまま彼女を持ち上げて抱っこをする。

そこまで力持ちではない私ですら、簡単に持ち上がるほど軽い体重。

これからはしっかり食べさせないといけないわね。

「今日はお昼寝しましょうか。教育係もいないことだしね」

「えっ、お昼寝、ですか？」

「ええ、眠いんでしょう？」

「いや、あの……」

「正直に答えてくれると嬉《うれ》しいわ」

「……はい、その、昨日も遅くまで勉強をしていたので」

「昨日も、遅くまで？」

私は思わず復唱してしまった。

「あっ、私がいけないのです。試験でいつも満点を取れないので……」

「もういいわ、大丈夫よ」

話を聞いていると怒りが湧《わ》いてきてしまう。

レベッカ嬢には怒ってないのに、彼女にそれが伝わってしまうといけない。

「彼女の部屋はどこかしら？　案内をお願い」

「こちらでございます」

メイドがすぐに食堂の扉を開けて、案内をしてくれる。

私はレベッカ嬢を抱き上げたまま移動する。

「ソ、ソフィーア様、自分で歩けますよ……！」

「大丈夫よ、レベッカ嬢は軽いから。大人しく抱えられていてね」

「ですが……」

「レベッカ嬢は甘えていいのよ」

「っ、甘える、ですか？」

その言葉に少し驚いたのか、近くで私を見つめてくる。

睫毛《まつげ》が長くて綺麗《きれい》ね、本当に可愛《かわい》らしい。

「そうよ、レベッカ嬢はまだ幼いから、甘えていいのよ」

「……そう、なのですか？」

「ええ、もちろん」

レベッカ嬢は今まで両親から愛してもらえず、公爵家に来ても厳しい教育をされ続けてきた。

甘えたことなど人生で一度もないのかもしれない。

だから私がたくさん甘えさせてあげて、処刑されるような未来を変えないといけないわ。

「レベッカ嬢、私の首に手を回さないと危ないわ」

「は、はい」

「ふふっ、いい子ね」

レベッカ嬢がぎゅっと抱きしめてきて、彼女の温《ぬく》もりが伝わってきた。

それはレベッカ嬢も同じだったようで。

「温かい、です」

「ええ、そうね。安心する温もりだわ」

「安心……はい、とても安心します」

さっきまで緊張していた声が、今は少し落ち着いたような声色になってきた。

はぁ、声まで可愛いわね……！

そんなことを思いながら、レベッカ嬢の部屋に向かう。

寝室の扉をメイドに開けてもらうと、そこはとても豪華な部屋だった。

机の上に多くの本や紙が置いてあるから、そこでずっと勉強をしていたようね。

あとで寝室と勉強部屋は分けさせよう、これじゃ気持ちを切り替えて眠れないでしょう。

私はレベッカ嬢をベッドの上に優しく下ろす。

「あっ……」

私から離れる時に、レベッカ嬢の寂しげな小さな声が漏れたのが聞こえた。

くっ、本当に可愛《かわい》すぎるわね。

「運んでいただきありがとうございます、ソフィーア様」

「ええ、それじゃあ一緒に寝ましょうか」

「ほ、本当に寝るのですか？　まだお昼ですが……」

「昨日も夜遅くまでレベッカ嬢は頑張ったのだからいいのよ。それに休まないと身体を壊してしまうわ」

一緒に布団の中に入って、顔が向き合うように横向きに寝転がった。

部屋を暗くして、ベッドの側にある灯りだけが薄っすらと光っている。

少しだけレベッカ嬢の表情が見えるくらいの明るさだ。

「寝づらくない？」

「はい、大丈夫ですが……」

普段着のまま寝転がっているので、少し寝づらいはずだ。

それにお昼に寝るのはいけないことだと思っているようなので、眠気がこないのかもしれない。

「あっ……」

私はもう少しだけレベッカ嬢の方に身体を寄せて、彼女の頭を撫《な》でる。

「頭を撫でられるのは嫌い？　寝づらいならやめるけど」

「い、いえ……その、撫でられると安心して、気持ちいいです」

レベッカ嬢は恥ずかしそうに小さな声でそう言った。

うん、可愛いわね。

「じゃあ撫でてもいい？　レベッカ嬢の髪はとても綺麗《きれい》で、触り心地がいいから」

「はい……」

「他に何かしてもらいたいことはある？　甘えてもいいのよ」

「……あの、一つだけ、いいですか？」

不安そうにレベッカ嬢が聞いてきた。

今までずっと私の態度や行いに戸惑っていたレベッカ嬢の、初めてお願い事。

とても嬉《うれ》しいわね。

「ええ、何かしら？」

「……その、また、抱きしめてもらっても、いいですか？」

「っ……！」

か、可愛すぎる……！

よく声を出さなかったわ、私。

不意打ちでレベッカ嬢の可愛さがきたから、声を上げそうだった。

「もちろん」

「あっ……」

レベッカ嬢を抱きしめると、彼女もさっきと同じように抱きしめ返してきた。

私の胸元にレベッカ嬢の顔があるような体勢だ。

「息苦しくない？」

「はい、大丈夫です……」

「寝られそう？」

「はい……安心、します……」

少し眠くなってきたようで、レベッカ嬢の声が小さくなってきた。

彼女の頭に手を回して、頭を撫《な》でる。

「おやすみなさい、レベッカ嬢」

「はい……おやすみなさい、ソフィーア様……」

レベッカ嬢は安心しきったような声でそう言った。

そしてしばらく経つと眠ってしまったようで、可愛《かわい》らしい寝息が胸元から聞こえてくる。

ふふっ、本当に可愛いわね。

こんな可愛い子が将来、愛情を求めて令嬢に嫌がらせをして、王子を毒殺しようと考えるなんて。

今からレベッカ嬢を愛していけば、おそらくその未来は変えられると思う。

レベッカ嬢も眠ったし、私も眠ろうかと思ったけど……。

全然眠気がこない、そういえば私は昼頃まで寝ていたんだった。

さすがにベッドの中から抜け出ようとしたら、せっかく眠ったレベッカ嬢も起きてしまうだろうし。

仕方ないけど、このままの体勢でしばらく寝転がっているしかないわね。

その後、レベッカ嬢が起きるまでベッドの中で過ごした。

レベッカ嬢は疲れと寝不足もあったのだろう、夕食前まで穏やかに眠っていた。


「す、すみませんでした！」

レベッカ嬢は起きて時計を確認し、すぐに私に謝った。

「こんな時間まで寝てしまって……！」

慌ててベッドから降りて頭を下げるレベッカ嬢。

「大丈夫よ、レベッカ嬢。顔を上げて」

私がベッドの縁に座ると、立っている彼女と頭の高さが一緒になる。

心配そうに私を見つめる顔、寝ていたから少し跳ねている髪。

寝起きも可愛いわね。

「ぐっすり眠れた？」

「は、はい……寝すぎてしまいました」

「しっかり眠れたのならよかったわ、レベッカ嬢」

私はレベッカ嬢の寝癖になってしまった部分を押さえるために、頭を撫《な》でる。

「気持ちよく眠れた？」

「はい、とても気持ちよかったです」

「そう、それならよかったわ。また一緒に寝たい？」

「ね、寝たいですが、ソフィーア様の迷惑じゃ……」

「大丈夫よ。私も一緒に寝たいから」

私が優しく微笑《ほほえ》むと、レベッカ嬢も嬉《うれ》しそうに微笑んでくれた。

とても可愛《かわい》らしい笑みで、見ているだけで幸せになるわね。

この子の幸せは私が守らないと。

「じゃあ夕食をいただきに行きましょうか。食べられる？」

「すみません、あまりお腹《なか》は空いてなくて……」

昼食を食べた後にずっと寝ていたから、お腹が空いてないのは仕方ないだろう。

「じゃあ軽く食べましょうか」

「はい」

最初に会った時よりも元気になっている気がするわね。

少しずつ心を開いてくれているのかも。

これからもっと仲良くなって、愛してあげたい。

二人で部屋を出て別邸の食堂へと向かおうとすると、一人のメイドに話しかけられる。

「奥様、公爵様との食事の時間です」

「あっ、そうだったわね」

私とアラン様はあくまで契約しただけの夫婦だけれど、夕食は一緒に食べることが多い。

だけどあの人と夕食を取っても、ほとんど喋《しゃべ》らないのよね。

契約結婚だからお互いに愛がないのは当たり前なんだけど。

公爵家に嫁いできたのは一週間前で、アラン様に初めて会ったのは二週間前程度。

嫁ぐ前に一度だけ顔を合わせて、次に顔を合わせた時にはもう夫婦だった。

彼は最初の顔合わせの時に私を見て「レベッカに似ている」と思ったらしいけど。

「もう私の夕食は本邸で準備されているの？」

「はい」

それは困った、このまま別邸でレベッカ嬢と夕食を取ろうと思っていたのだけど……。

あ、そうだ、レベッカ嬢を本邸に連れて行けばいいんじゃないかしら。

「レベッカ嬢、あなたも本邸で一緒に食べない？」

「えっ……その、私もいいのですか？　公爵様と、食事をしても……」

公爵様？　レベッカ嬢はアラン様のことを公爵様と呼んでいるのね。

私は公爵家に来て一週間ほどだけど、レベッカ嬢はもう一年はいるはずだ。

それなのにアラン様への呼び方がまだ硬いのは、全然仲良くなってない証拠だ。

「レベッカ嬢はアラン様と食事をしたことはある？」

「えっと、一カ月に一度の頻度で食事会をしています」

「一カ月に一度……」

つまりまだ十回程度しか一緒に食事をしたことがないのね。

「食事をする時に何か話すの？」

「私の勉強の進み具合や、稽古《けいこ》のことを話します」

「それ以外は？」

「特にそれ以外は……公爵様は忙しそうで、すぐに食べてどこか行ってしまうので」

なるほど、話すのは最低限のことばかりね。

アラン様は私と食事をする時はほぼ喋《しゃべ》らないけど、レベッカ嬢とは少しだけ喋るようね。

まあ頻度が私は週に数回、レベッカ嬢は一カ月に一度だけど。

「レベッカ嬢は、アラン様と食事を共にするのは嫌ではない？」

「い、嫌ではありません！　公爵様はとても優しい方ですから」

「優しい方？」

「はい、私をこの家に引き取ってくれましたから。とても優しいです」

確かにレベッカ嬢がアラン様の弟夫婦の娘だとしても、特に引き取る理由はない。

レベッカ嬢を公爵家に引き取ったのはどうしてなのかしら？

それはさておきレベッカ嬢からすれば、アラン様は自分を拾ってくれたとても優しい人と思うだろう。

「私も、もっと仲良くしたいと思っているのですが……まだ、二人で話すのは少し緊張します」

「そうよね……」

数回ほど食事を一緒にしたけど、私でもまだ緊張するから。

子供のレベッカ嬢なら緊張するのは当然ね。

「それなら今日は一人で食べる？」

「あ、いえ……その、ソフィーア様がいれば、大丈夫だと思います……！」

レベッカ嬢は上目遣いでそんな可愛《かわい》いことを言ってきた。

くっ、私は何度心を奪われないといけないのか……！

「嬉《うれ》しいわ、レベッカ嬢。私もレベッカ嬢と一緒に食べたいから」

「わ、私も嬉しいです！」

「じゃあ本邸の方で一緒に食べましょうか」

「はい！」

いい笑顔で返事をしたレベッカ嬢。

そして私達は別邸から、本邸へと向かう。

その際、すれ違ったメイドに「レベッカ嬢の夕食を本邸で用意して。軽いものでお願い」と言っておいた。

私とレベッカ嬢が本邸の食堂に入ると、アラン様が席に着いていた。

というか、すでに食事を始めていた。

遅れたのは私が悪いけど、まさか先に食べ始めているとは……。

「申し訳ありません、アラン様。遅れてしまいました」

「いや、問題ない。こちらも食べ始めてすまないな」

アラン様は謝ってくれたが、食べる手を止めてはいない。

所作がとても綺麗《きれい》で貴族であれば目指すべき美しさなのだろうけど……彼が食べていても、全く美味《おい》しそうに見えない。

アラン様は極上の肉を食べても、顔色一つ変えない。

例え腐りかけの食べ物を食べても、同じように顔色が変わらないだろう。

それだけ彼の冷徹な仮面は崩れそうになかった。

「ん、レベッカもいるのか」

「ご、ご機嫌よう、公爵様」

「私が連れてきたんです、アラン様。レベッカ嬢と一緒に食事がしたいと考えまして」

「ああ、どうして本邸に？」

「い、一緒にお食事をしてもよろしいですか？」

レベッカ嬢が少し震える声で座っているアラン様にそう言った。

アラン様は私とレベッカ嬢を一瞥《いちべつ》してから、食事に視線を戻す。

「問題はない。だがレベッカの分の食事の準備は遅れると思うが」

「は、はい、大丈夫です」

「そうか、ならいい」

許してくれてよかった。

興味がないから勝手にしていい、って感じだけど。

私はいつも通りアラン様の対面に座って、その横にレベッカ嬢が座る。

レベッカ嬢の右斜め前の席にアラン様が座っている形だ。

私の料理はすぐに届いたのだが、レベッカ嬢の料理はまだ届かない。

だから私はまだ手をつけずにいると、アラン様が首を傾げた。

「どうした、食べないのか？　何か嫌いな物でも入っていたか？」

「いえ、そうではなく。レベッカ嬢の料理が届くまで待っているのです」

「ソ、ソフィーア様、先に食べていただいて大丈夫ですよ！」

レベッカ嬢が慌てたようにそう言ってきたが、私は首を横に振る。

「私が一緒に食べたいから待っているのよ、レベッカ嬢」

「ソフィーア様……」

「……ふむ、そうか」

私とレベッカ嬢のやり取りを見て、アラン様が指をパチンと鳴らして執事を近くに寄らせる。

「レベッカの料理を早く用意させろ。一気には持ってこなくてもいい、一品でも出来たら持ってこさせろ」

「かしこまりました。そのようにいたします」

その言葉を聞いて私とレベッカ嬢は少しだけ呆然《ぼうぜん》としてしまった。

まさかアラン様が私達のためにそんな指示をしてくれるなんて。

執事が扉から出て行って、私はハッとしてお礼を言う。

「ありがとうございます、アラン様。わざわざそのようなことを」

「あ、ありがとうございます、公爵様」

「このくらいは当然のことだ。礼を言われるまでもない」

アラン様は淡々とそう言ったが、少しだけさっきよりも食べる手が遅くなっている気がする。

しばらくするとレベッカ嬢の料理が一品届き、一緒に食べ始める。

「いただきます」

「いただきます」

「……」

うん、アラン様はもうすでにいただいているから、言うことはないわね。

その後、しばらくは無言で食べていたのだが、私はアラン様に報告しないといけないことがあった。

「アラン様、一つご報告が」

「なんだ？」

「レベッカ嬢の教育係のナーブル伯爵夫人、彼女を解雇しました」

「……なぜだ？」

食べていた手を止め、アラン様は私をじろっと見てくる。

私はその視線に少しだけひるんだけど、彼に理由を話す。

「レベッカ嬢に厳しすぎる教育をしていたからです」

「レベッカは九歳から公爵令嬢となった。教育がそこらの令嬢よりも厳しいのは当然だ」

「ですが、限度があります。大人の私でも受けたことがないような厳しい教育は、レベッカ嬢を無駄に苦しめていました」

それと私があの教育係が嫌だったのは、厳しすぎる教育だけじゃない。

「特にナーブル伯爵夫人はレベッカ嬢に対して高圧的な教育をしていました。あれではレベッカ嬢が萎縮《いしゅく》してしまい、本来の能力が出せません」

「……なるほど」

アラン様はグラスを手に取り、一口飲んだ。

視線をずらし、レベッカを見る。

「レベッカ、お前はどうだ？」

アラン様に話しかけられて、隣に座っているレベッカ嬢がビクッとする。

「お前には一カ月に一度ほど、教育についての話を聞いていた。その中でナーブル伯爵夫人に対しての印象なども聞いたが、お前は『いい人です』としか言っていないな」

「あ、その……！」

「あれは嘘《うそ》だった、そういうことか？」

「アラン様、それは……」

レベッカ嬢が理由を話せないと思って私が喋《しゃべ》ろうとするが……。

「ソフィーア嬢、俺はレベッカに聞いている」

「っ……」

そう言われてしまっては、私からは何も言えない。

黙ってレベッカ嬢の方を見ると、彼女は怯《おび》えているようだった。

アラン様の視線はいつもと変わりはない、だけど彼の冷徹な視線は子供のレベッカ嬢には耐えられないだろう。

しかも今はレベッカ嬢を責めているように聞こえるから、余計に怖いはずだ。

「あ、あの……」

「……」

レベッカ嬢は黙ってしまっているが、アラン様も口を閉ざしてレベッカ嬢と視線を合わせている。

私は何も言えないので、レベッカ嬢に頑張ってもらうしかない。

だけど少しだけでも手伝いたいので、テーブルの下でレベッカ嬢の手を優しく握った。

「ソ、ソフィーア様……」

「レベッカ嬢、落ち着いて。自分の気持ちを言えばいいのよ」

「っ……」

レベッカ嬢は私のことを潤んだ瞳《ひとみ》で見てから、意を決したようにアラン様の方を見る。

私は彼女の震える手をしっかり握っていてあげる。

「すみません、公爵様。私は、嘘をついていました。ナーブル伯爵夫人は、すごく怖かったです。私が失敗すると叩《たた》かれて、痛かったです」

今日は叩かれているところを見なかったけど、やっぱり暴力も振るわれていたのね。

本当に、許せないわ……！

「なぜそれを言わなかった？」

アラン様は淡々とレベッカ嬢に質問をする。

おそらく彼は責めているわけではなく、ただ質問をしているだけだと思うが、レベッカ嬢には問い質《ただ》されているように感じるだろう。

だけどレベッカ嬢は私の手を少し強く握って、震える身体で言葉を続ける。

「これが、公爵家では普通の教育だと思って……何か文句を言ったら、怒られる、捨てられると思ったから、です」

「……そうか」

「嘘《うそ》をついて、すみませんでした……」

レベッカ嬢はそう言って頭を下げた。

しばらく沈黙が続き、アラン様が「レベッカ」と声をかける。

「頭を上げろ」

「……はい」

「レベッカ、こちらこそすまなかった」

「えっ……」

まさかアラン様が謝るとは思っていなかったのだろう、レベッカ嬢が目を見開いた。

「実際、ナーブル伯爵夫人が行き過ぎた教育をしていたことを、俺は知っていた」

その言葉に、私も驚いてしまった。

「使用人からどんな教育をされているか聞いていたからな。だが解雇しなかった理由は、レベッカが何も言わなかったからだ」

「私が……？」

「教育に耐えられていて、それでいて不満を言わない。だから解雇しなかった」

「アラン様、それはナーブル伯爵夫人の行為を見逃していた、ということですか？」

私は少しアラン様を睨《にら》んで、語気を強めてそう問いかけた。

レベッカ嬢が暴力を受けるほどの教育をされているのを知っていて、まさかそのままにしていたなんて。

「レベッカは公爵令嬢だ」

「だからあのくらいの教育は我慢するべき、という話ですか？　いくらなんでも……！」

「違う。我慢するべきではなく、自分から解雇してほしいと言うべき、ということだ」

アラン様は淡々と、公爵家当主らしい言葉を続ける。

「公爵令嬢なのだから、あの程度の人間を解雇することは、自分から言うべきだと思っていた。だから放置していた。公爵令嬢と伯爵夫人など、立場はどう考えても公爵令嬢のほうが上。今までの教育を全て問題視すれば、ナーブル伯爵家を潰すことも可能だ」

「ですが、レベッカ嬢はまだ十歳で、公爵家に来て一年しか経っていません。そこまで考えて発言するのは難しいかと」

私がそう言うと、アラン様は少しだけ目を見開いた。

しかしすぐにいつもの無表情に戻る。

「ああ、確かにその通りだ。だからすまなかった、レベッカ」

頭を下げてはいないが、しっかり謝罪の言葉を言ったアラン様。

意外と自分が悪いと思ったら素直に謝る人なのね。

「い、いえ、公爵様、私が嘘《うそ》をついたのが悪いのです」

「ああ、レベッカにも非はある。次からはしっかり考えて発言するように」

「わ、わかりました」

この人……子供にも容赦ないわね。

だけど公爵家当主のアラン様なりに、しっかりレベッカ嬢を育てようと考えていたのね。

でも今のままだったら将来、レベッカ嬢が愛に飢えて破滅してしまう。

アラン様とレベッカ嬢がしっかり仲良くなっていけば、その未来を変えられる可能性が高くなる。

これから私とレベッカ嬢だけじゃなくて、アラン様とレベッカ嬢の仲も良くしていきたいわね。

その後、アラン様は食事を先に食べ終え、食堂を出て行った。

私とレベッカ嬢はそのまま食堂で夕食を食べた。


夕食後、レベッカ嬢は別邸へと向かった。

昼間にかなり寝ていたので、少しだけ勉強がしたいとのことだ。

私は「無理をしなくていいのよ?」と言ったけど……。

「いえ、私がやりたいのです。公爵様やソフィーア様に認められるような、公爵令嬢になりたいので」

レベッカ嬢は笑みを浮かべてそう言った。

とても素晴らしくて抱きしめてしまいたいくらいだったが、グッと我慢した。

レベッカ嬢が勉強をするのなら、私も後で別邸に向かってレベッカ嬢の勉強を見てあげるつもりだ。

今は私が教育係を解雇させてしまったから、勉強を教える人がいない。

だから私が少しでも代わりに教えられたらいいのだけど。

そこで一度私はレベッカ嬢と分かれた。

レベッカ嬢に勉強を教える前に、私はアラン様に用があったからだ。

アラン様がどこにいるのかはわからないけど、とりあえず彼の執務室へと向かった。

着くと同時にアラン様が執務室から出て、どこかへ向かうところだった。

「アラン様」

「ん、ソフィーア嬢。何か用か?」

歩みを止めて私の方を振り返るアラン様。

「はい、本日は勝手なことをしてしまい、すみませんでした」

「勝手なこととは?」

「教育係を解雇したことです。契約に反する行為でした」

私とアラン様の契約内容には、彼の仕事を邪魔せず干渉しない、というものがある。

彼が選んだレベッカ嬢のための教育係を勝手に辞めさせる、これは立派な契約違反だろう。

契約違反で一発で離婚……にならないと信じたいけど。

「別にあれくらいは契約違反ではないだろう」

「えっ、そうなのですか?」

「ああ、あの教育係はもともと執事が決めた者だし、あの程度の人間を解雇したところで契約違反だと言うほどのことではない」

「そうですか……ですが、また教育係を探して雇わないといけないのですよね」

「確かにそうだな」

アラン様はそう言って顎《あご》に手を当てて何か考え始めた。

すぐに結論が出たのか、すぐに私と視線を合わせる。

「ではレベッカの教育係は、ソフィーア嬢が決めてくれ」

「えっ、私がですか？」

「ああ、あとで教育係の候補の書類を侍女に渡しておく、確認してくれ」

「わ、わかりました」

まさか私がレベッカ嬢の教育係を選ぶという仕事を任されるとは思わなかった。

「ソフィーア嬢も公爵夫人としての教育も受けていると思うが、問題ないか？」

「はい、このくらいなら大丈夫です」

「……それか、ソフィーア嬢が公爵夫人として学ぶものを学び終わったら、あなたがレベッカ嬢の教育係を務めるのも悪くないだろう」

「えっ、いいのですか!?」

それは願ってもないことだ。

レベッカ嬢と一緒にいる時間が増えるなら、彼女ともっと仲良くなれるだろう。

私がとても食いついたからか、アラン様が少し目を見開いていた。

「ああ、問題ない。だがあなたの仕事は増えるが、大丈夫か？」

「はい、大丈夫です」

「そうか、ではそのように頼む」

「かしこまりました、ありがとうございます」

私は頭を下げてお礼を言った。

これで話は終わったから、アラン様はそのまま私から離れていく……ことはなく、なぜかじっと私を見つめていた。

「あ、あの……なんでしょう？」

「あなたは、なぜいきなりレベッカと仲良くし始めたのだ？」

「っ……」

そうだ、私は一週間前にベルンハルド公爵家に嫁いできてから、レベッカ嬢と全く関わっていなかった。

予知夢を見て、このまま私が積極的に行動しなかったら、レベッカ嬢が未来で破滅することを知ったから……と言っても、信じてくれるだろうか。

いや、まだ予知夢のことを話すのはやめておいたほうがいいかもしれない。

アラン様に「妄言を言っているのか？」と疑われる可能性が高いし、変な女と思われて離婚になるかも。

そうなったらまたレベッカ嬢が一人になってしまって、破滅する未来が変わらないかもしれない。

それは絶対に避けないといけない。

「レベッカ嬢が可哀想《かわいそう》だと思ったからです。両親が亡くなってすぐに公爵家に引き取られたのは幸運ですが、九歳の女の子が誰も知らない場所で一人で頑張っているのは、あまりにも寂しくて辛いと思います。だから少しでも彼女の寂しさを和らげようと思い、家族として仲良くしたいと思ったのです」

「……そうか」

こ、これで納得してくれたかしら？

「確かにそうかもしれないな。私はそこまで考えが回っていなかった」

なんとかアラン様は納得してくれたようだ。

「私もレベッカ嬢と同じような立場だから、そう思ったのかもしれません。私は二十歳で嫁いだ身なので、年齢的にはレベッカ嬢とは異なりますが」

私もいきなり公爵家に来たから、レベッカ嬢と少しだけ境遇が似ている。

だけど私とレベッカ嬢の立場は違うし、レベッカ嬢の方が辛いに決まっている。

「……なるほど。ではソフィーア嬢も、公爵家に来て辛いのか？」

「はい？　いえ、私はそこまでは……」

「そうか、何か辛いことがあるなら言ってくれ。出来うる限りは改善しよう」

「あ、ありがとうございます」

まさかそんな気遣ったことを言われるとは思わず、少しビックリした。

アラン様は冷徹な方と思っていたけど、少し違うようね。

「あなたがレベッカと家族のような関係になると言って別邸に行った時は驚いたが、これなら問題はない……いや、むしろソフィーア嬢のお陰で、レベッカが成長したと思っている」

「そうですか?」

「ああ、今までは私に自身の気持ちを伝えることはなかったが、今日初めてそれが出来た。本当は一人で成長してほしかったが、私が厳しすぎたようだ」

「公爵家の当主としては素晴らしいお考えですし、レベッカ嬢の今後のことを考えての教育だと思います」

まあ厳しすぎると言うのは否定できないかもしれないけど……。

「――私は、違うと思っていたのだがな」

アラン様は視線を下げて小さく呟《つぶや》いた、かすかに聞き取れるくらいの言葉だ。

彼の表情は寂しそうで、諦《あきら》めが入り混じったような複雑なものだった。

私が見てきた中で一番、アラン様の感情が出ているように感じた。

「アラン様……?」

「っ、いや、なんでもない」

アラン様はすぐにいつもの無表情になり、私と視線を合わせる。

「これからもレベッカと仲良くしてやってくれ。レベッカに悪影響が出ないのならば、私は何も言わない。むしろ良い影響を与えているようだからな」

「はい……」

「レベッカとソフィーア嬢なら、本当の家族になれるかもしれない」

さっきのつぶやきを聞いたからだろうか。少し違和感を覚えた。

今の言葉はまるで自分は……アラン様は家族にはなれない、と言っているように聞こえた。

「アラン様も、レベッカ嬢と仲良くしてあげてください」

だから思わず、考える前に口から言葉が出てしまった。

「レベッカ嬢もアラン様と仲良くしたいと言っていました。私とだけじゃなくて、アラン様とも」

「……そうなのか」

「はい、アラン様とレベッカ嬢もすでに家族ですから」

「だがそれは書類上の話だ」

「今はそうですが、これから本当の家族になればいいのです」

「これから、か……」

「はい、必ずなれますよ。レベッカ嬢も、私も、アラン様と家族になりたいですから」

「っ……」

私の言葉に目を見開いて驚くアラン様。

えっ、そんなに驚くようなことかしら？

……あっ、待って、私がアラン様と家族になりたいって言ったら、「妻として愛してほしい」みたいな意味にならないかしら？

そ、それはマズいわ！　これは完全な契約違反……！

「す、すみません！　今のは言葉の綾で、私は妻として愛してもらいたいとかではないので、本当に……！」

私が慌てて弁解をしようとすると、アラン様は口角を上げてクスッと笑った。

「ふっ、わかっている。ソフィーア嬢がそんな考えで言ったとは思っていない」

「そ、そうですか……それならよかったです」

だけどまさか笑われるとは思わなかった。

アラン様の笑みを初めて見たけど、顔立ちが整っていて綺麗《きれい》だから、少しドキッとしてしまった。

いけない、私は彼を好きになってはダメなのだ。

「では、私は仕事に戻るとする」

「あ、はい。長く引き留めてしまいすみません」

「いや、とても有意義な時間だった。礼を言う」

有意義？　そこまでのことを話したかしら？

ただ教育係を勝手に解雇したことを謝っただけだけど。

「お仕事、頑張ってください」

「ああ、おやすみ、ソフィーア嬢」

「おやすみなさい、アラン様」

私達はそう言って別れた。

とりあえず契約違反ですぐに離婚、ということはなさそうだ。

本当にそれはよかったわ。


――これは……また夢かしら？

感覚的に夢だとわかった、だけどこれは予知夢かしら？

明晰夢《めいせきむ》、夢の中と理解しただけってこともありえるわね。

予知夢の中でも、「これは絶対に予知夢だ」とわかるものと、「明晰夢と予知夢、どっちだろう？」とわからないものがある。

今見ている夢は後者の感じだ。

そして夢の中なのに、普通にベッドに寝転がっているわね。

なんだか変な夢……。

「ソフィ」

えっ……？

私の愛称を呼ぶ声が隣から聞こえて、そちらを振り向くと……同じベッドにアラン様が寝転がっていた。

「目が覚めたか？」

とても柔らかくて優しい笑みを浮かべて、私を見ている。

現実のアラン様がこんな笑みをするとは思えないけど……いやまず、なんで私とアラン様は一緒のベッドに寝ているの？

「ア、アラン様？」

あっ、今気づいたけど、この夢は私が現実のように普通に動けるやつだ。

「おはよう、ソフィ」

「お、おはようございます……？」

「ソフィ、さっきからなぜ敬語なんだ？　それに呼び方も、アランでいいと言っただろう？」

「え、えっ？」

待って、いろいろと待って。

私がアラン様を敬称なしで呼んでいて、しかも敬語もなし？

この夢の私ってそんなにアラン様と仲が良いの？

いや、仲良いというか……普通に夫婦みたいになってない？

「すみま……ご、ごめんなさい、アラン。忘れていたわ」

「ああ、それでいい」

私に名前を呼ばれて嬉《うれ》しそうに口角を上げるアラン様。

うん、やっぱりこれは予知夢じゃないわね。

現実のアラン様がこんな甘々な笑みを浮かべるとは思えない。

ん？　それならこの夢は、私の深層心理が見たいと思っている夢ってこと？

そ、それはそれでダメじゃない？

私はアラン様を愛しちゃいけないのに、こんな夢を見るってことは……。

バッと布団を捲《めく》ると同時に上体を起こした。

「は、早く夢から目を覚まさないといけないわ……！」

二つの意味で、本当に。

「ソフィ、どうした？　夢から覚めないといけないって」

一緒に上体を起こしたアラン様。

私の言葉に首を傾げている。

「あ、その……これは夢で早く目を覚まさないとって思って」

私はアラン様にそんな変なことを話す。

夢の中で「ここは夢だ」と口にすることで、早くに目が覚めやすくなる。

これは予知夢を持っている私ならではの経験則だ。

「夢……確かにこれは夢のようだ」

「えっ、アラン様もそう思っているのですか？」

「敬語、呼び方」

「……ア、アランもそう思っているの？」

「ああ、そうだ。数カ月前まで、俺が誰かを愛して、誰かと家族になるなんて、夢でもなければ信じられなかった」

「ああ、そういう意味ね」

まあこれは夢なんだけど。

「だがこうして俺は、ソフィを心の底から愛せて、レベッカとも家族になれた。本当に嬉《うれ》しく思う」

アラン様は優しく微笑《ほほえ》んでから、私の頰《ほお》に手を添えて……えっ？

「だからソフィ、俺は悲しいぞ。夢なんかと言われて」

「いや、その……」

「だから夢じゃないと、君の身体に教え込まないとな」

アラン様が私に身体を寄せて、端整な顔立ちが目の前まで近づいてくる。

「いや、ア、アラン様……!?」

「目を瞑《つむ》れ、ソフィ。これは君への罰だ」

ニヤッと笑って、さらに顔が近づいて……。

いやいやこれはちょっとやりすぎじゃ……!?

とても恥ずかしくて、思わず私はぎゅっと目を瞑ってしまい――。


「――はっ!?」

私は、目が覚めた。

やっぱり夢だった、いや、絶対に夢とわかっていたけど。

ギリギリ、しなかった……と思う。

ああいう夢は目が覚めても感触とかは覚えていることが多いから、うん……つまり覚えてないってことは、してないってことね。

私はベッドから起き上がる……その時にチラッと隣を見てしまったのは仕方ない。

今の夢は……予知夢だったのか、明晰夢《めいせきむ》だったのか。

いや、まあ、絶対に明晰夢でしょう。

あんなのが予知夢なわけがないわ、アラン様が別人になったみたいだったし。

だけど明晰夢だとしたら、私が深層心理でアラン様とああなりたいって思っているってことで……。

あ、あまり深く考えないようにしよう。

私は侍女を呼んで着替えをして、朝食へと向かった。

本邸の食堂へ向かうと、またアラン様が先に食べていた。

「ん、おはよう、ソフィーア嬢」

「おはようございます、アラン」

「……ん？」

「あっ……」

言った後に気づいた。夢の名残で敬称なしで呼んでしまっていた。

「も、申し訳ありません、アラン様」

「やはり聞き間違いではなかったか。いや、謝る必要はない」

アラン様は少し目を見開いていたが、全く怒る様子はない。

少し焦ったけど、怒っていないのならよかったわ。

私がアラン様の正面に座って食事を待っていると、彼が話しかけてくる。

「しかしこれを機に、敬称なしで呼び合ってもいいかもしれないな」

「えっ？」

「家族……に対して、いつまでも他人行儀に呼びたくはない」

アラン様は私と視線を合わせて、口角を少し上げて言う。

「ソフィーア」

「っ……」

「そう呼んでもいいだろうか？」

「は、はい、もちろんです」

「ありがとう」

一瞬だけ、夢の中で見たアラン様と、笑みを浮かべて私の名前を呼んだアラン様が、重なってしまった。

「ソフィーアも、私のことをアランと呼んでも構わない」

「わ、わかりました、アラン」

「それでいい。だが公の場では敬称を付けてくれ、敬称なしで呼ぶのは二人きりの時だけだ」

「はい、わかっています」

アラン様は頷《うなず》いてまた無表情で食事をし始めたが、いつもよりも機嫌がよさそうだ。

私と敬称なしで呼び合ったから、かしら。

なんだかあの夢が本当に予知夢なのか明晰夢《めいせきむ》なのか、わからなくなってきたわ。

だけどまだ敬称なしで呼び始めただけ、おそらく明晰夢よ、うん。

そう思いながら私も食事を始めたのだが……少しの間、胸の高鳴りがおさまらなかった。

第二章　レベッカとお菓子作り

アラン様から敬称なしで呼ぶことが許されてから、数日後。

私の公爵夫人としての教育はだいたい終わり、結構自由な時間が増えた。

なので今、私がやるべきことは……レベッカ嬢ともっと仲良くなることね！

彼女の破滅の未来を変えるためには、しっかり愛情を注がないと。

最初は未来を知ってしまったから、使命感のような感情でレベッカ嬢と仲良くしようとしたけど、今は違う。

あの子が可愛《かわい》くて好きで、心の底から愛したい。

今日はレベッカ嬢が本邸に来るので、その準備をしておこう。

まだレベッカ嬢は別邸で暮らしているが、今日から本邸の方で暮らす予定なのだ。

『家族のレベッカ嬢が一人、別邸で暮らしているのは寂しいと思います。だから彼女が本邸で暮らすか、私が別邸で暮らす許可をください』

こんな感じで先日、アラン様に直談判《じかだんぱん》をした。

正直、私が別邸で暮らすことになると思っていたのだけど……。

『ではレベッカを本邸で暮らせるように部屋を手配しよう』

『えっ……いいのですか？』

『ああ、構わない』

まさかそんな簡単に許されるとは思わなかった。

『ただ俺は仕事で忙しいから、部屋の手配などはソフィーアに任せてもいいか？』

『はい、もちろんです。ありがとうございます』

ということで、すぐに私はレベッカ嬢の部屋を準備した。

前に別邸のレベッカ嬢の部屋に入った時は、とても綺麗《きれい》で豪華だったが、女の子らしいものが一つもなかった。

おそらくアラン様や執事の方が手配したのだろう。

別に悪くないけど、レベッカ嬢の趣味や好みも聞いたほうがいいと思ったので、私はいろいろとレベッカ嬢と相談した。

そして今日、レベッカ嬢の本邸での部屋が完成した。

「レベッカ嬢、ご機嫌よう」

「ご、ご機嫌よう、ソフィーア様」

レベッカ嬢はまだ少し私と会うのは緊張するようだが、最初よりかは心を開いてくれている気がする。

軽く挨拶《あいさつ》をしてから、一緒に彼女を連れて本邸の部屋の前まで行く。

「レベッカ嬢、今日からここがあなたの部屋よ」

「は、はい！」

レベッカ嬢が恐る恐る扉を開けて中を見ると、とても嬉《うれ》しそうに表情が明るくなる。

カーテンやカーペット、ソファなど部屋を彩るものは、だいたいがピンクや青色。

レベッカ嬢はこの二色が好きらしく、合わせるようにした。

そしてベッドには大きなウサギのぬいぐるみが二つ。

動物でもウサギが一番好きなようで、ピンク色と青色のウサギのぬいぐるみを用意した。

別邸の時の部屋よりも少し狭い。私は広い方がいいと思ったんだけど、レベッカ嬢は狭い方がいいらしい。

広すぎると寂しく感じるから、ということで……もう寂しさなんて感じさせないようにさせたいわ。

「わぁ……！」

内装は軽く見せていたが、驚かせたかったのでぬいぐるみについては全く話していなかった。

レベッカ嬢は嬉しそうに顔を輝かせて、ベッドに近づいてぬいぐるみを見つめた。

「ソフィーア様、これ……！」

「レベッカ嬢がウサギが好きって言っていたから、用意したの。気に入ったかしら？」

「はい！　すごく、すごく可愛《かわい》いです……！」

ぴょんぴょんと跳ねながら興奮を伝えようとしてくれる。

くっ、ウサギなんかよりもレベッカ嬢の方が可愛い……！

このくらいでこれだけ喜んでもらえるなら、ベッドを埋め尽くすほどの大小様々なぬいぐるみを用意しておくべきだったかしら。

いや、それは今後もっと増やしていくことにしよう。

私は公爵夫人として品格維持費――ドレスや宝石を買うための自由に使えるお金がある。

社交パーティーなどに行く時にその費用を使ってドレスや宝石を準備するのだが、正直使いきれないほどの金額だ。

だから残った分を全部、レベッカ嬢へのプレゼントに使ってもいいわよね。

「気に入ってくれたのならよかったわ。ここなら楽しく過ごせそうかしら？」

「はい！　でも、その……やはり私には余りあるほどの広さだと思いますが……」

レベッカ嬢は部屋を見渡しながらそう言った。

確かに本邸の中では狭い方ではあるが、一人部屋としては十分に大きい。

まだ身長が低いレベッカ嬢だったら、さらに広く感じることだろう。

「ごめんなさい、これ以上小さな部屋は用意できなかったの」

「い、いえ！　こちらこそすみません、ワガママを言ってしまいました……！」

「大丈夫よ、そのくらいのワガママ。むしろもっと言ってほしいくらいだわ」

「あ、ありがとうございます」

気軽にワガママを言えるくらいに気を許してほしいわね。

だけど狭い方が寂しくないという願いを叶えられなかったので、それは申し訳ない。

「あとでソファに一緒に座って、お菓子でも食べましょうか。少しでも私がこの部屋に長くいて、寂しさを感じさせないようにするわ」

「そ、そんなご迷惑をかけるわけには……！」

「私がレベッカ嬢と一緒にいたいから、一緒にいるだけよ。それともレベッカ嬢は、私がこの部屋に来るのは嫌かしら？」

「っ……いえ、その、とても嬉《うれ》しいです」

「ふふっ、ありがとう」

私が頭を撫《な》でると、レベッカ嬢は恥ずかしそうに頰《ほお》を赤らめながらも、笑みを浮かべる。

はぁ、本当に可愛《かわい》いわ……！

少しずつ仲良くなっているから、未来が少しでも変わっていればいいけど……。

予知夢は自ら見ようと思って見られるものではない。

そんなことができたら、私は毎日レベッカ嬢の未来を予知して変わっているか調べているわ。

またいつか、予知夢でレベッカ嬢の未来を見られればいいけど……。

「レベッカ嬢、お勉強の方はどう？　疲れていないかしら？」

「はい、今は復習だけなので。ですが、それしかしなくてもいいのですか？」

「大丈夫よ」

前の教育係、ナーブル伯爵夫人はやはり厳しく、とても十歳の女の子が習うとは思えないほど、学ぶ内容などが難しいものだった。

だけどレベッカ嬢は座学においてはとても優秀で、満点でないとはいえ、ナーブル伯爵夫人もほとんど嫌味を付けられないほど、毎回の試験でいい点を取っていたようだ。

本当にすごいわね、レベッカ嬢は。

だから今は復習だけでも十分なのだ。

そしてこれからの教育係は……。

「これからは私がレベッカ嬢を教えるから、よろしくね」

「はい、よろしくお願いします」

そう、私が務めることになった。

今まではずっと無理をして勉強をしてきただろうから、これからは無理をさせずにやっていきたい。

「別邸の書庫で勉強をしましょうか」

「はい」

ということで私達は部屋を出て、別邸の方へと向かう。

本邸の玄関に着くと、アラン様が外着に着替えて出かけようとしていた。

「アラン様、ご機嫌よう」

「こ、公爵様、ご機嫌よう」

私達が挨拶《あいさつ》をすると、アラン様もこちらを見て「ああ」と答える。

「ご機嫌よう、二人とも。今日はどうした？」

「これから別邸でレベッカ嬢の勉強を見ようかと思いまして」

「そうか、教育係はソフィーアが務めるんだったな。あなたなら大丈夫だろうが、頼んだ」

「はい、かしこまりました」

「レベッカ。ソフィーアは優しく教えてくれるだろうが、しっかり学ぶんだぞ」

「は、はい、公爵様」

うーん、まだレベッカ嬢とアラン様の二人の空気は堅苦しい気がする。

この二人にも家族になってもらえればいいんだけど……。

まずはそうね、呼び方よね。

「アラン様、一つお願い事が」

「なんだ？」

「レベッカ嬢のアラン様への呼び方ですが、いつまでも公爵様だと堅い気がします。なので、レベッカ嬢が『アラン様』と呼ぶ許可をいただけませんか？」

「ふむ……」

私の言葉を聞いて、アラン様がレベッカ嬢をチラッと見る。

レベッカ嬢はビクッとしたが、視線を逸《そ》らさないでいる。

「私は構わない。もともと、俺はレベッカに公爵と呼べ、なんて言ってないからな」

「あ、あの、いいのでしょうか？」

「構わない、と言ったぞ」

少し冷たい言い方だけど、アラン様らしいわね。

レベッカ嬢が私の方を一瞬見てきたので、私は頷《うなず》く。

「で、では……アラン様」

「ああ、それでいい」

レベッカ嬢も少し嬉《うれ》しそうな顔を浮かべている。

アラン様は……変わらないわね。

うん、まだ家族とは言えない雰囲気だけど、さっきよりはマシかしら。

これから少しずつ仲良くなっていけばいいわ。

「ソフィーア、あなたも私の名を敬称なしで呼ぶようにと言ったはずだが」

「えっ、ですがあれは二人きりの時では？」

「いや、公の場じゃなければいい」

「そ、そうなのですか」

まさか家の中で、ずっとアランと呼ぶことになるとは……。

恐れ多いけど、アラン様が敬称なしで呼んでほしいみたいだし、そうしよう。

「公爵様、そろそろ」

「ん、ああ、わかっている。では私は仕事に向かう」

執事がアラン様を急かした、長く引き止めすぎてしまったようだ。

「はい、いってらっしゃいませ、アラン」

「い、いってらっしゃいませ、アラン様」

私とレベッカ嬢がそう言うと、アラン様は少しだけ目を見開いた。

あら、いつもの無表情が少し崩れたわね。

「……ああ、いってくる」

アラン様は少しだけ微笑《ほほえ》みを浮かべて、本邸の扉から出て行った。

まさかまた笑うとは思わず、その優しい笑みに少し見惚《みと》れてしまった。

やっぱりあの時に見た夢の笑みと、時々被《かぶ》ってしまうわ……!

あれは予知夢じゃなくて明晰夢《めいせきむ》なんだから忘れないと……。

だけど今のは家族っぽい感じはしたわね、父親を見送る母親と娘って感じで。

これからもそうやって仲を深めていければいいわね。

アラン様が出かけた後、私とレベッカ嬢は別邸の書庫で勉強をしていた。

書庫は机がいくつも並んでいて、その内の一つの机に並んで座った。

レベッカ嬢には私が作った問題を解いてもらって、その採点をしている。

結果は……。

「満点ね、素晴らしいわ、レベッカ嬢」

「あ、ありがとうございます」

この国の歴史、政治、事業のことなど、いろんな種類の問題を出したのに全問正解なんて、本当にすごいわ。

公爵家に来てから一年しか経ってないのに、レベッカ嬢は本当に優秀ね。

少し認めるのが悔しいけど、ナーブル夫人の教育もよかったのかしら？

「ナーブル夫人との勉強はどうしていたの？」

「えっと……ナーブル夫人が試験の範囲を決めてくださるので、予習しておいて試験を受けて、間違えたところを復習するという形でした」

「……えっ？　待って、それだけ？」

「は、はい、だいたいは……」

「試験範囲を決めるだけ？　ナーブル夫人からその範囲内を教えてもらったことは？」

「自分で学ぶからこそ知識となると言われて、全部自分で本を読み込んで学びました」

え、本当に……？

あの人はただ試験範囲を言って、試験を作ってきて受けさせていただけ？

レベッカ嬢は全部、一人で本を読んで勉強したの？

確かに試験範囲を教えてもらっていれば勉強はできるかもしれないけど、誰にも質問をすることもできずにただ一人で学び続けるのは難しい。

それを一年間も続けてきたの？

勉強の時間だと思っていたのは試験の時間だっただけで、試験のための勉強は？

もしかして……。

「寝る間を惜しんで勉強をしていたのって、試験の予習だったの？」

「は、はい、私は頭が悪いので、長く勉強しないといけなくて……」

レベッカ嬢は申し訳なさそうにしているけど、私はナーブル夫人への怒りがまた湧《わ》き上がってくる。

本当にあの人は……！　少しでも認めようとした私が馬鹿だったわ！

試験の範囲を言って問題を作って、解かせるだけって、教えてないじゃない！

ここまでレベッカ嬢が成長できたのはすごいけど、それはレベッカ嬢がすごいだけであの人の教育が優れているわけじゃない。

「長く勉強しても満点を取れず、ナーブル夫人には怒られて……あっ、いえ、私が間違えたのが悪いので、決してナーブル夫人が悪くは……！」

「っ……いいのよ」

私は我慢できず、座っているレベッカ嬢を抱きしめた。

本当にあのナーブル夫人は最悪ね……教えないだけじゃなくて、頑張って一人で学んできたレベッカ嬢を怒るなんて。

いつかもっとしっかり仕返しをしないと気が済まないわ。

「あの……？」

いきなり私が抱きついたので、レベッカ嬢が困惑したような声を出した。

「レベッカ嬢は本当に、とても優秀ね。それに優しくて、素晴らしい子よ」

「そ、そうでしょうか……」

「そうよ、本当に。私はあなたみたいな良い子と家族になれて、本当に誇らしいわ」

「……ありがとう、ございます」

レベッカ嬢の頭を撫《な》でると、彼女も私の背に恐る恐る腕を回してくれた。

「私も……ソフィーア様と家族になれて、嬉《うれ》しいです」

「っ、ありがとう、レベッカ嬢」

はぁ、本当に可愛《かわい》いわ……！

耳元で囁《ささや》かれるように言われたから、キュンとしすぎて心臓が止まるかと思った。

私はレベッカ嬢から体を離して、頭を撫《な》でながら考える。

まさか彼女がここまで勉強ができるとは思っていなかった。

私が彼女に教えられることなんて勉強くらいだと思っていたけど……もしかしたらすでに、レベッカ嬢は私よりも勉強ができるのかもしれない。

今日の午後の予定は彼女に勉強を教えるはずだったけど、ここまでだったら考え直さないと。

これ以上教えるとしたら、もう魔法学とかになってくると思う。

さすがにそこまでは私も詳しくないし、別の先生を雇わないといけない。

だけど今日はそれができないから……そうだ。

「レベッカ嬢、今日の勉強はこれで終わりよ」

「えっ、もうですか？　ですがまだ問題を解いただけでは？」

「レベッカ嬢が満点を取ったし、もう教えることはないと思ってね。だから今日は、ご褒美《ほうび》を作りましょう」

「ご褒美を……作る？」

可愛《かわい》らしく頭を傾げたレベッカ嬢に、私は笑みを浮かべながら頷《うなず》く。

「ええ、お菓子です」

私はお菓子作りが趣味で、ここに嫁ぐ前は時々作っていた。

本職の人にはさすがに負けると思うけど、簡単なものだったらレベッカ嬢と一緒に作れるだろう。

「お菓子ですか？」

「ええ、甘いものは好きかしら？」

「あ、あまり食べたことありませんが、好きです！」

とても可愛らしい笑顔、やっぱり女の子は甘いものは好きよね。

ベルンハルド公爵家の食事は朝昼晩、全部美味《おい》しいけど、デザートなどはほとんど出ない。

出ても果物を少しだけ、という程度だ。

確認していないけど、もしかしたらアラン様が甘いものがあまり好きではないのかもしれない。

というかあの人は、食事なんて栄養を摂《と》るための行為で、全部同じだと思っていそうだけど。

甘いものが全然食卓に出ないので、自分でそろそろ作って食べたいと思っていたところだ。

「じゃあ一緒に作りましょうか、レベッカ嬢」

「料理はしたことないのですが、大丈夫でしょうか……？」

「大丈夫よ、簡単なものを作るから」

そして私達は本邸の調理場へと向かう。

向かう時はレベッカ嬢と手を繋《つな》いで……小さい手が可愛らしいわ。

別邸から移動して本邸の調理場へ着くとさすがに料理人たちに驚かれたけど、事情を説明して調理場の一画を貸してもらう。

すぐに作れるもので、甘くて美味《おい》しいもの……ホットケーキでいいかしら。

「じゃあ一緒に作っていきましょうか」

「は、はい！」

調理台がレベッカ嬢には少し高いから、彼女用に小さな台を用意してもらって、その上にエプロンを着けて立っている。

くっ、なんて可愛《かわい》いの……調理場に天使が舞い降りたわ。

「今日はホットケーキを作りましょうか。混ぜる作業がほとんどだから、レベッカ嬢でも作れると思うわ」

「わ、わかりました、頑張ります！」

そして私達は一緒に作っていく。

後ろで料理人たちがこちらをチラチラと見ているが、私達が怪我《けが》をしないように見守っているのかしら？

それとも……。

「よいしょ……で、できました、これくらいで大丈夫ですか？」

一生懸命に料理をする可愛い天使を見て、微笑《ほほえ》ましく思っているのかしら。

調理場の雰囲気的に、おそらく後者ね。

「ええ、そのくらいで大丈夫よ。上手《うま》くできているわ」

「はい！　えへへ……！」

褒《ほ》められて嬉《うれ》しいのか、愛らしい笑みを浮かべてくれた。

もう本当に可愛くて、私だけじゃなくて調理場にいる料理人全員が笑顔になった。

その後もレベッカ嬢は元気に材料を混ぜていって、私が焼いて完成した。

「これがホットケーキよ」

「ふ、ふわふわです！」

「ふふっ、そうね。あとはこれにバターと蜂蜜《はちみつ》をかけて……」

「わぁ……！」

蜂蜜がホットケーキにかかるところを、目を輝かせて見ている。

反応も可愛らしいわね、好き。

ここで食べるのは行儀が悪いから、どこかの部屋で……そうだ、レベッカ嬢の新しい部屋で食べよう。

「レベッカ嬢、せっかく引っ越したのだし、あなたの部屋で食べるのはどうかしら？　紅茶も用意しましょうか」

「は、はい！　とてもいいと思います！」

メイドにお願いをして、紅茶なども用意してもらう。

レベッカ嬢の部屋に移動して、対面に座って紅茶の準備ができるまで待つ。

待っている間、レベッカ嬢はそわそわしながらホットケーキをチラチラと見ていた。

ふふっ、早く食べたいのね。

紅茶を淹《い》れてもらい、レベッカ嬢は「いただきます！」と言って一口食べた。

「んんー！　美味《おい》しいです！」

顔を輝かせて、満面の笑みでそう言った。

「よかったわ、だけどゆっくり食べてね。喉《のど》に詰まらせちゃうから」

「あ……は、はい、すみません」

はしゃいでいたのが恥ずかしかったのか、顔を赤くするレベッカ嬢。

だけどホットケーキが美味しいようで、もぐもぐと食べ進めていく。

はぁ、可愛《かわい》い。

私も食べて美味しいことは確認したけど、レベッカ嬢が可愛く食べているのを見る方がお腹《なか》いっぱいになるわ。

レベッカ嬢は満面の笑みで食べ進めていき、すぐにお皿の上からホットケーキがなくなってしまった。

「あっ……」

一瞬だけ悲しそうな顔をするレベッカ嬢、しかしすぐに笑顔を浮かべて「ご馳走様でした」と礼儀正しく言った。

くっ、もう私はお腹《なか》いっぱいよ……！

「レベッカ嬢、私の分も食べられる？」

「えっ？　あ、いや、大丈夫です！　私の分は食べ終わったので……！」

「私がお腹いっぱいになっちゃったの。だからレベッカ嬢、食べてくれないかしら？」

「っ、あ、あの、いいんですか？」

「もちろん、レベッカ嬢が食べてくれないと、せっかく一緒に作ったホットケーキが残ってしまうわ」

「じゃ、じゃあ、いただきます……！」

レベッカ嬢は少し申し訳なさそうにしていたけど、またホットケーキを食べ始めて顔を輝かせた。

はぁ、本当に可愛《かわい》い……頬《ほお》いっぱいに食べていて、リスみたい。

この光景を見ながら私はずっと紅茶を飲んでいられるわね。

その後、ホットケーキを食べ終わっても、私とレベッカ嬢はお茶をしながら話し続けた。

数時間後、私とレベッカ嬢、それにアラン様の三人で夕食を食べていた。

三人で一緒に食べるのはこの前、教育係のナーブル夫人を解雇した時以来だ。

私とレベッカ嬢は昼食や夕食は一緒に食べることが多かったが、アラン様は仕事が忙しいようで、一緒に食べるのが久しぶりになった。

しばらく黙って食事をしていたが、アラン様が話を切り出す。

「今日からソフィーアがレベッカの教育係を務めているが、どうだった？」

これは……どっちに聞いているのかしら？

とりあえず私が答えましょうか。

「はい、今日は座学の試験を行ったのですが、レベッカ嬢は本当に優秀でした。様々な範囲から問題を出したのですが、一問も間違えることなく満点でした」

「ほう、そうだったのか」

「はい、とても良く勉強しています。だけど勉強をしすぎ、だとは思いましたが……」

「どういうことだ？」

「十歳の令嬢が学ぶには、範囲が広すぎると思いました。前の教育係、ナーブル夫人はしっかり勉強を教えていなかったみたいですし」

私はアラン様に、ナーブル夫人が試験問題を作るだけで、その試験範囲の勉強はレベッカ嬢に一人でやらせていたことを話した。

それを聞いたアラン様は特に顔色を変えず、むしろ不思議そうに首を傾げた。

「？　勉強とは、そういうものじゃないのか？」

「えっ……もしかして、アラン様もそうやって勉強をなさってきたのですか？　子供の頃から？」

「ああ、教育係との勉強時間は、試験を解くだけだったな」

まさか、アラン様もそんな教育を受けていたなんて……。

普通の人だったら絶対に無理だから、これはベルンハルド公爵家ならではの教育の仕方なのかしら？

「だが私は本を一度読めばほとんど覚えられたからな。だから座学は簡単だと思っていた」

「な、なるほど……レベッカ嬢もそうなの？」

「本を読むのは好きですが、さすがに一度読んで全部覚えるのは……」

「そ、そうよね」

「二回読めば、ほとんど覚えられると思いますが……」

「……そ、そうなのね」

やはり血筋みたいね。

本の厚さとか内容にもよるけど、一回や二回でほとんど覚えられるものではないでしょ。

私は絶対に無理だわ。

「確かにレベッカ嬢の優秀さに合った教育方法かもしれませんが、夜遅くまで勉強しないといけないのは成長を阻害します」

「ああ、それもそうだな。レベッカに合った教育をしてくれたらいい」

「わかりました」

座学はもうほとんど終わっているような気がするけど……。

「レベッカは、今日はどうだった？　初めてのソフィーアの授業だったが」

「は、はい、少し緊張していましたが、本当に優しくて楽しかったです！」

レベッカ嬢がとても可愛《かわい》らしい笑みを浮かべて、アラン様にそう報告をする。

アラン様も表情は変わらないが少し雰囲気が柔らかくなっている気がした。

「そうか、それは何よりだ」

「はい！　それに一緒に料理をして、食べたお菓子もすごく美味《おい》しかったです！」

「お菓子？　一緒に作ったのか？」

「はい！　とても楽しかったです！」

あっ、これは言っても大丈夫だったかしら？

教育の時間だったのに勝手なことをしているんじゃない、と怒られるかも。

「私が準備していた試験問題が満点で教えることがなくなってしまったので、ご褒美《ほうび》をあげたのです」

私が先に理由を話して、怒られるなら私の方にと仕向ける。

しかしアラン様は怒った様子もなく「そうか」と言った。

「公爵様にも……アラン様にもぜひ食べてもらいたいです！」

レベッカ嬢が興奮したように言った言葉に、私は目を見開いた。

えっ、アラン様に食べていただくの？

「ふむ……別に構わないが、すぐに作れるのか？」

「あっ……ど、どうなんでしょうか、ソフィーア様？」

不安そうに見上げてくるレベッカ嬢に、私は戸惑いながらも答える。

「まだ生地の材料は余っているので、すぐに作れると思いますが……その、アラン様は甘いものは大丈夫でしょうか？」

アラン様が甘いものを食べているのを見たことがないし、なんとなくだけど苦手そうな感じがする。

私の問いかけに、アラン様は頷《うなず》いた。

「ああ、問題ない」

「そうですか。では作ってまいりますね」

「ソ、ソフィーア様、私も一緒に作っていいですか？」

「ええ、もちろんよ、レベッカ嬢」

私が頷くと、レベッカ嬢は顔を輝かせた。

レベッカ嬢はお菓子を作るのが好きになったのかしら？

趣味が増えるのはいいことね。

「ソフィーア、すまないがこの後は執務室で仕事をする予定だから、出来上がったらそちらに持ってきてくれないか？」

「わかりました、アラン様」

「ソフィーア、敬称が付いているぞ」

「あっ……はい、アラン。わかりました」

「それでいい」

敬称なしで呼ぶことに慣れなくて、ついついアラン様と呼んでしまう。

心の中でも「アラン」と呼んだ方がいいかしら？

……そうね、家族になりたいって言ったのは私だし、いつまでも敬称を付けていたら仲良くなれないわね。

これからは「アラン」と呼ぶことにしましょう。

夕食を終えて、アランは執務室へと行き、私とレベッカ嬢は調理場でホットケーキを作る。

「ソフィーア様、私がホットケーキをひっくり返してもいいですか？」

片面を焼いている時に、レベッカ嬢にそう言われた。

さっきは材料を混ぜて生地を作ってくれたけど、今回はすでに生地はできている。

だからひっくり返すという作業をしたいのだろうけど、大丈夫かしら。

「……わかったわ、レベッカ嬢。だけど熱いから気を付けてね」

「は、はい！」

レベッカ嬢が台に乗って、ヘラを持ち慎重にホットケーキをひっくり返そうとする。

とても真剣な表情で、そんな顔も可愛《かわい》いと思う。

しかし、結果は……ちょっと崩れてしまった。

「あっ……上手《うま》くできませんでした」

「いいえ、初めてでこれは上出来よ。よく頑張ったわ」

「ありがとうございます……」

レベッカ嬢は口ではお礼を言っているが、納得はしていないようだ。

ふふっ、なんだか子供らしい感じで可愛らしいわ。

勉強に関して、本当に天才なところを見たから、ギャップがあるわね。

「もう一個作りましょうか、レベッカ嬢。次は上手くできるかも」

「っ、はい！　頑張ります！」

気合を入れて、次のホットケーキを作っていく。

結果はさっきよりも上手くできたので、レベッカ嬢も嬉《うれ》しそうな笑みを浮かべた。

「できたわね、レベッカ嬢」

「はい、できました！」

「じゃあアランのところに持っていきましょうか」

お皿に二枚のホットケーキを盛って、二人で彼の執務室へと向かう。

私がお皿を持っているので、レベッカ嬢が執務室の扉を緊張しながら叩《たた》いた。

「ア、アラン様、レベッカです。ホットケーキを持ってきました」

「アラン、私も一緒です」

そう声をかけると、中から「どうぞ」と聞こえてくる。

レベッカ嬢が開けてくれて、執務室の中に入る。

中は結構広く、両壁に本棚があって、扉の正面奥に大きな机と椅子《いす》があり、そこでアランが仕事をしていた。

「意外と早かったな」

「生地はあって、焼くだけでしたので。バターと蜂蜜《はちみつ》もかけていますが、大丈夫ですか？」

「問題ない」

アランは書類か何かを書いていたようだが、私がお皿を置きやすいように退《ど》かしてくれた。

私は座っているアランの目の前にお皿を置く。

「どうぞ、ホットケーキです。レベッカ嬢が生地を混ぜてくれて、さらには生地を焼いている時に綺麗《きれい》にひっくり返してくれたのです」

「い、いえ！　その、ソフィーア様の指示で混ぜていただけで、ひっくり返すのもソフィーア様がやった方が綺麗《きれい》でした。私は手伝っただけです」

レベッカ嬢は否定したが、私は本当に指示をしただけで、ほとんどは彼女が作ったと言っても過言ではない。

「そうか、だが確かに形が崩れているな。これはレベッカがやったからか？」

「は、はい、ソフィーア様がやった時は綺麗でした」

「なるほど、レベッカも精進するんだぞ」

むっ、アランからも少しは褒《ほ》めてもいいと思ったんだけど……まあ、彼はそういう人よね。

「はい、頑張ります！」

レベッカ嬢もわかっているからか、落ち込むことはなかった。

アランはフォークとナイフを取り、綺麗に切り分けて一口食べる。

私とレベッカ嬢は机の前に立って、少しドキドキしていた。

甘いものは苦手そうだけど……さすがに「不味い」とかは言わないわよね？

少しありえる……と思っていたけど。

「っ……美味《おい》しい、な」

「えっ？」

アランの言葉に、私は驚いて思わず声を上げてしまった。

まさか彼の口から「美味しい」なんて言葉が出るなんて。

今まで何回か彼と一緒に食事をしてきたけど、どんなに美味しい料理を食べても眉《まゆ》一つ動かさなかったのに。

そんな彼が、自分でも驚いたように眉を上げて「美味しい」と呟《つぶや》いた。

「ですよね！　ソフィーア様が作ったお菓子は、とても美味しいんです！」

レベッカ嬢もアランの言葉を聞いて、無邪気に喜んでいる。

「……ああ、美味しいな」

アランはまた一口食べて、そう言ってくれた。

聞き間違いじゃなかったようだ。

まさかアランは、甘いものが好きなのかしら？

それだったら私もレベッカ嬢も好きだし、嬉《うれ》しいけど。

「美味しいのならよかったです。アランは甘いものがお好きなのですか？」

「いや、特に好きではない。むしろ苦手な部類だ」

「えっ、そうなのですか？」

「ああ、私は特に好物はない。食べられないものもないが好まないものはあるから、料理人に食事で出さないように言ってある。その中に甘いものは含まれている」

あ、やっぱり甘いものは苦手だったのね。

それならレベッカ嬢に「ぜひホットケーキを食べてください」と言われた時は、おそらくそれを我慢して食べようとしてくれたのだろう。

だけどアランは「美味《おい》しい」と言ってくれた。

お世辞だったのかしら？

「え、甘いもの苦手だったんですか……すみません、アラン様、無理を言ってしまいました」

さっきまではしゃいでいたレベッカ嬢だが、申し訳なさそうにして謝る。

「いや、レベッカ、謝る必要はない。私は嫌だったら断っているし、これは本当に美味しいと思っている。世辞などではない」

「そ、そうなのですか？」

「ああ」

アランは証明をするようにまたホットケーキを一口食べていく。

そして、あっという間に完食した。

レベッカ嬢は嬉《うれ》しそうに笑みを浮かべた。

「ご馳走様。美味しかったよ」

「よかったです！」

アラン様は全部食べ終わり、側に合った紅茶のカップに手を伸ばしたが、中身はなかったようだ。

「紅茶をもらってきましょうか？」

「ああ、メイドを呼んでもらっていいか？」

「あっ、私がメイドの方を呼んできます！」

レベッカ嬢がそう言って、執務室を出て行った。

私とアランが二人で残って、軽く話す。

「本当に美味しかったですか？」

「何度聞くんだ。私はつまらない嘘《うそ》はつかない」

確かに、こんなお世辞や嘘を言うような人ではない気がする。

「では甘いものが好きになったのでしょうか」

「ふむ、それは考えられるな。数年ほど食べていなかったから、味覚が変わったのかもしれない」

「またレベッカ嬢と一緒に作ると思いますので、その時はぜひ一緒に食べましょう」

私がそう言うと、アランは驚いたように眉《まゆ》を上げてから、目を細めて微笑《ほほえ》んだ。

「ああ、それも悪くないな」

優しい笑みでアランがそう言ったのを見て、私はドキッとしてしまった。

やっぱり顔立ちがとても綺麗《きれい》だから、笑顔も素敵だわ。

少しだけレベッカ嬢とも似ているから、可愛《かわい》いとも思ってしまうし。

私がアランの笑みや言葉にドキッとして何も言えなくなった時、ちょうど扉からノックの音が響いた。

そしてレベッカ嬢とメイドが入ってきた。

「紅茶をお持ちしました」

「ああ、レベッカもありがとう」

「は、はい！」

アランにお礼を言われて、レベッカ嬢も嬉《うれ》しそうに微笑《ほほえ》んだ。

うん、やっぱり本当に少しだけ似ているわね。

アランが紅茶を一口飲んだところで、ここが執務室で彼がまだ仕事中だったことを思い出した。

「アラン、お仕事中に長居してすみません」

「いや、いい気分転換になった」

「それはよかったです。では私達はこれで失礼します」

「失礼します」

私とレベッカ嬢は一礼をしてから、執務室を出た。

廊下を歩きながらレベッカ嬢と話す。

「アランに喜んでもらえてよかったわね」

「はい、ソフィーア様のお菓子は美味《おい》しいからですね！」

「レベッカ嬢が一生懸命に焼いてくれたからよ」

しかし、まさかアランがあれほど美味しく食べてくれるとは思わなかった。

特別な材料も使ってないし、普通の作り方だったけど……どうしてかしら？

「またソフィーア様と一緒にお菓子を作りたいです！」

「そうね、私もレベッカ嬢と作るのは楽しかったわ。またその時はアランにも分けてあげましょう」

「はい……あの、ソフィーア様」

レベッカ嬢が止まって私のことを見上げてくるので、私も視線を合わせる。

「なにかしら？」

「その、ソフィーア様はアラン様を敬称なしで、呼んでいますよね」

「そうね、アランにそう呼んでもいいと言われたから」

「な、なら……私のことも、レベッカと呼んでもらえますか……？」

不安げに、だけど少し期待がこもった目でそう言ってきた。

か、可愛《かわい》い……！

し、心臓が高鳴りすぎて止まりそうだわ。

私はしゃがんでレベッカと視線を合わせて、笑みを浮かべる。

「ええ、わかったわ、レベッカ」

「っ、ありがとうございます……！」

「ううん、こちらこそごめんなさい。家族なのに、呼び方が少し他人行儀だったわね」

私もどこかで家族として接することに踏み切れていなかったのかもしれない。

しっかりしないと。彼女が未来で破滅するのを止められるのは、私しかいないんだから。

「レベッカ、他に何か私にお願いしたいことはあるかしら？」

「お願いしたいこと……」

レベッカは首を傾げて悩んでいる様子だ。

他に何かお願いごとを聞いてあげたいと思ったけど、いきなりすぎたわね。

「いつでも言ってね。私にできることだったらなんでもするから」

私がそう言ってレベッカ嬢と手を繋《つな》いでまた歩き出す。

するとしばらくして、レベッカ嬢が「あっ……」と小さく呟《つぶや》いた。

「ん？　レベッカ、どうしたの？」

「な、なんでもないです」

どう考えても何か思いついたような声だった気がするけど。

もしかして、何かお願いごとが思いついたのかしら？

「何か私にお願いしたいことがあった？」

「っ……あの、その……」

やっぱりあるみたいね。

「何かしら？」

「その……ソフィーア様の呼び方、なんですが……」

「私の呼び方？」

それは私がレベッカと呼ぶことに対してなのか、レベッカが私に対しての呼び方なのか、どっちなのだろう。

「……い、いいえ！　やっぱり違うお願いごとでいいですか？」

「お願いごとは何個でもいいのよ？」

「ま、まだ少しこれは緊張するので……違うことでもいいですか？」

「そう？」

よくわからないけど、レベッカがお願いをする気になったのは嬉《うれ》しいわね。

今まではずっと大変だっただろうから、なんでも叶えてあげたくなる。

「何かしら？」

「今日、私は初めて本邸で寝ると思うのですが」

「ええ、あなたの新しい本邸の部屋でね」

「はい……ベッドがいつもよりも大きいから、少し寂しいような気がして……」

レベッカは繋《つな》いでいる手をキュッと強く握った。

「い、一緒に寝てくれませんか……？」

「っ……」

あ、危うく可愛《かわい》すぎて、昇天するところだった……！

天使が、天使がいるわ……！

「も、もちろんいいわ、レベッカ。今日は一緒に寝ましょう？」

「あ、ありがとうございます！」

不安げな顔から、満開の花のような笑顔になった。

はぁ、お願いごと自体が可愛いし、表情や動きも可愛すぎた。

こんな天使みたいな子と一緒に寝てほしいと言われたら、いつでも一緒に寝てあげたい。

だけど最初は多分、このお願いごとじゃなかったのよね？

何をお願いしたかったのかしら？

まあ、いつか言ってくれることを期待していよう。

その後、私とレベッカは彼女の新しい部屋で、朝まで一緒に寝た。

最初は前回のようにレベッカの可愛い寝顔を見ていたけど、さすがに眠くなったので普通に眠った。

順調に仲良くなっていっている気がして、よかった。

◇　◇　◇

ソフィーアとレベッカにホットケーキを作ってもらい、食べてから数日後。

「アラン様、こちらの書類をご確認ください」

「ああ」

俺は仕事の帰り、馬車の中で書類を確認していた。

一緒に乗っているのは執事長のネオだ。

まだ若いがとても優秀な男で、よく連れて仕事の手伝いをしてもらっている。

それに顔立ちがよく、いつも笑みを浮かべているから、下手な令嬢ならこいつに目を奪われることもあるので、女避けとして使うにはちょうどいい。

ネオにそれを伝えたことはないが……おそらく理解していると思う。

「今日の仕事はなかなか遅れましたね。夕食は少し遅くなりそうですが、執務室に運びますか？」

「いや、食堂で食べる」

「かしこまりました、そのように手配いたします」

「……もう遅いから食べているか」

「えっ？」

ネオとのいつも通りの会話の中に、俺は意図せずに呟《つぶや》いてしまった。

「いや、なんでもない」

「そうですか……おそらくですがもうソフィーア様やレベッカ様はお食事が済んでいると思われます。夜も遅いのでもう眠っているかもしれません」

「わかっている、言わなくてもいい」

「左様でございますか」

いつものニコニコとした作った笑いではなく、少しニヤッとした笑みのネオ。

優秀であるがゆえに、私の呟いた言葉の意味に気づく。少しイラっとさせてくれる。


一年前に、私は姪《めい》を引き取った。

亡き弟夫婦の娘、レベッカ。

私と弟は似ており、レベッカも弟の血縁を感じる顔立ちをしていた。

しかし髪色は全く違う、私と弟は黒色だが彼女は金色だ。

そこだけ弟の妻に似たのだろう。

私はレベッカを引き取ってから一年間、社交パーティーなどでずっと「妻はいつ取るんだ」

と言われてきた。

もちろん公爵の俺に直接そんな無礼なことを言ってくるやつはいないが、だいたいはそんな意図を持って「ぜひ我が家の娘を妻に」と言ってきた。

俺は特に誰とも結婚するつもりはなかった。

親を……父親を見ているから、その血を継いでいる俺は、女性を愛することはないと思っていたから。

それに社交パーティーで令嬢などを見ていても、心惹《ひ》かれる者など一人もいなかった。両親や弟夫婦を見ているから、恋愛に関して期待をしていなかっただけなのだろう。

だが周りからの声や求婚されるのが面倒だったから、形だけの妻を作ろうと思った。

ベルンハルド公爵家の夫人となるので、最低限の爵位を持っている貴族の令嬢の中から、適当に選んだ。

それが約二週間前、公爵家に嫁いできたイングリッド伯爵家のソフィーア嬢だ。

彼女を選んだ理由はなんとなく、レベッカに髪色や雰囲気が似ているから、というだけ。

恋愛などは面倒だと思ったから「仕事を邪魔せず干渉せず、私を愛さないこと」という条件を出した。

彼女が嫁いで最初の一週間は、良くも悪くも特に生活が変わらなかった。

ソフィーア嬢と食事をする機会もあったが、特に話すこともない。

付き合いで他の令嬢と何回か食事をしたことがあったが、相手の令嬢が私に気に入られようとずっと喋《しゃべ》ってくるのが鬱陶《うっとう》しかった。

ソフィーア嬢は契約にしっかり従ってくれるので、過度に干渉してこない。

だから彼女との食事は気楽で、嫌いではなかった。


だがソフィーア嬢が公爵家に来てから一週間後、彼女が寝坊をした。

特にそれは気にするようなことではないと思うが、なぜかその日から、彼女はレベッカに構い始めた。

レベッカは一年前から厳しい教育を受けていた。

九歳や十歳そこらの子供が受けるには、少し厳しすぎる教育。

だがレベッカは才能があり、それについていっていた。

教育係のナーブル夫人は自分より立場が下の者を虐《いじ》めるような女性だと知っていた。

だが私はレベッカに成長してほしいから、あえてそれを無視していた。

ナーブル夫人に制裁を下すなら、レベッカの意思が大事だと思っていたからだ。

しかしソフィーア嬢がレベッカと会ったことにより、それが変わった。

レベッカとソフィーア嬢との食事、その時にレベッカに問いかけた。

私の質問に萎縮《いしゅく》し、今まで自分の気持ちを話せなかったレベッカ。

それを、ソフィーア嬢が支えていた。

『レベッカ嬢、落ち着いて。自分の気持ちを言えばいいのよ』

ソフィーア嬢の言葉で、レベッカは落ち着きを取り戻して、初めて私に対して自分の気持ちを言うことができた。

彼女の支えがあったからだと思うが、私は一年間もレベッカの気持ちを引き出すことができなかった。

その後、ソフィーア嬢が教育係を解雇したことが契約違反だと思ったようで、謝ってきた。

それは全く問題なかったので大丈夫だと話し、私は「なぜレベッカにいきなり構い始めたのか」と問いかけた。

彼女は「レベッカと家族として仲良くなりたい」と言っていた。

家族という関係は、私にはわからない。だが少しだけ、憧《あこが》れがあった。

私には家族というものが、いなかったから。

その憧れが少しあったから、レベッカを引き取ったのかもしれない。

だがやはり私は冷たい人間で、レベッカの気持ちを引き出すことは私一人ではできなかった。

……あのクズの父親に育てられているから、仕方ないかと思った。

だから憧れを諦《あきら》めようとした、その時だった。

『アラン様も、レベッカ嬢と仲良くしてください』

『レベッカ嬢も、私も、アラン様と家族になりたいですから』

ソフィーア嬢が言った言葉が、身体の中心を貫くように響いた。

心の中を覗いていたのではないか、と思うほどに、私が望んだような言葉を言われた。

だから私はソフィーア嬢が……ソフィーアが、少し気になっている。


「アラン様、着きました」

「……ああ」

少し考えごとをしていたら、もう公爵家の屋敷に着いていた。

まだ書類を読み切っていなかったな。

「あとで読む、執務室に持っていってくれ」

「かしこまりました。まずは食堂でお食事でしょうか？」

「ああ、着替えてからな」

「かしこまりました、準備いたします」

仕事終わり、いつも通りに馬車を降りて本邸に入り、自室へと向かおうとする直前。

一つ、食べたいものがあったことを思い出す。

「ネオ、料理長に伝えろ。今日の夕食、最後に甘いものを出してくれと」

「はい？　えっと、果物か何かでしょうか？」

「いや、甘いもの……できればホットケーキを」

「かしこまりました」

ネオは不思議に思っているだろうが、しっかり指示を聞いて料理長に伝えに行った。

もしかしたらあいつは、すでに俺がソフィーアの作ったものを食べたことを知っているのかもな。

今日の食事で、私は苦手な甘いものを克服したのか確かめたかった。

もう令嬢達からお茶会の誘いを受けることもなくなったが、そのような場所では甘いものが多く並んでいる。

用意してもらったそれらを全く食べないのは礼儀に欠けるので、少しは食べないといけないのだが、まあ苦手だ。

食べられないことはないが、できれば食べたくない。

だから克服できているのならよかったのだが……。

「……ふむ、ご馳走様」

料理長に指示通りにホットケーキを作ってもらったのだが、やはり美味《おい》しくはなかった。

ソフィーアが作ったものと遜色《そんしょく》はない、むしろ公爵家の料理人が作ったデザートのほうが美味しいはずなのに。

私はあまり食事に関心がないから、どれだけ人気な店で高い食事を食べても、次の日にはその味のことなんてほとんど覚えていない。

だがソフィーアとレベッカが作ったというあれは……美味《おい》しかったし、今でも味を覚えている。

なぜなのか、全くわからないな。

「執務室で仕事をする、急ぎの案件から持ってこい」

「かしこまりました」

ネオにそう指示を出して、私は執務室へと向かう。

正直、急ぎの仕事などはないだろう。明日やっても構わない仕事ばかりだ。

これから寝るまでの時間は暇なので、仕事をするだけだ。

あまり暇で無駄な時間は作りたくない、効率が悪いから。

それに趣味もないから暇な時間を作っても、やることがない。

執務室へと向かう途中、レベッカの新しい部屋を見つけた。

扉も少し装飾を変えたのか、レベッカの部屋だとわかりやすい。

そういえば、レベッカの部屋の内装は確認していなかったな。

もうすでに眠っているのだろうか。

確か、ナーブル伯爵夫人に教育を受けている時は、この時間まで勉強をしていることは珍しくなかったはず。

だが今はソフィーアが教育しているので、彼女はレベッカの健康面も考えているので、もうすでに眠っている可能性が高いな。

なんとなく気になってしまって、気づいたら扉を開けていた。

音を立てないように中に入ると、少しの灯りと共に寝息が聞こえてきた。

やはり眠っているようだ、そう思いながらベッドに近づくと……眠っているのがレベッカだけじゃなく、ソフィーアもいることに気づいた。

なぜソフィーアも？　いや、前にも一緒に昼寝をしたと言っていたから、一緒に眠っていてもおかしくないか。

暗いがベッドの側に淡い灯りがついているので、二人の顔が少しだけ見える。

ぐっすり眠っているようで、俺が近づいてベッドの縁に腰かけても、起きる素振りはない。

顔立ちは似てないが、安心して眠っている顔はどこか似ている気がするな。

これなら親子だと思われる……いや、姉妹か？

レベッカは十歳で、ソフィーアは二十二歳。

親子と呼ぶには、少し歳が近すぎるか。だが書類上の関係は義母と義娘だ。

家族であるのは間違いない。

まだ彼女達が出会って一カ月も経っていないが、家族のような形、関係になっている気がする。

私には家族というものが、あまりわからない。

だが……。

『レベッカ嬢も、私も、アラン様と家族になりたいですから』

そう言った時の、ソフィーアの笑みを思い出す。

そして二人が執務室に持ってきてくれた、ホットケーキの味と、レベッカの嬉《うれ》しそうな笑みも思い浮かぶ。

なぜか、胸のあたりが温かくなるのを感じた。これが何なのか、わからない。

だがソフィーアが公爵家に嫁いできてから、何かが変わった。

良い変化なのか、悪い変化なのか。

けれどそれは私にとって、嫌なものではないのは確かだ。

しばらく見ているとソフィーアとレベッカが同時に寝返りを打ち、布団が少しだけめくれ上がった。

動きがほとんど同じだったので少し笑ってしまった。

私は布団を彼女達にかけ直して、起こさないように部屋を出た。

執務室へと行くと、ネオが部屋の前で私を待っていた。

「あっ、アラン様。どちらへ行かれていたのですか？　食堂を出てから執務室に真っ直ぐ向かわれたと思ったのですが」

「なに、少し野暮用だ。気にするな」

「はぁ……」

優秀で勘がいいネオでも、私がどこへ行っていたのかはわからないようだ。

それはそうか、今までの私だったらレベッカの部屋などに行くことはなかったのだから。

その後、いつも通りに寝るまで仕事をしたのだが……少しだけ捗《はかど》ったような気がした。

第三章　社交界

私が公爵家に嫁いでから、一カ月ほどが経った。

この生活にも結構慣れてきたと思う。

伯爵家にいた頃よりもメイドや執事が多いのは、まだ少し慣れていないけど。

特に慣れないのが……何か買いたいと思ったら、お店に行くのではなくお店側の人が商品を持って屋敷に来てくれることだ。

これは本当にビックリしたわね。

そして今日も、商人達が商品を持ってきてくれる日。

今日持ってきてくれるのは、主にドレスや宝飾品だ。

今度、私が公爵家に嫁いでから初めての社交パーティーがある。

だからそれに着ていくドレスや宝飾品を用意しないといけないのだ。

屋敷の中で一番広い応接室に商人達を通して、商品を並べていってもらう。

多くの人達がいるけど、これは多分一店舗だけじゃないわよね？

アランに任せていたけど、まさかここまでの商品を用意させるなんて思わなかった。

ドレスが百着以上、宝飾品もネックレスやイヤリング、指輪、それぞれ百個ほど並べられている。

「奥様、どうぞご覧ください！　これは今流行《はや》りの装飾がなされているドレスで、黄金の刺《し》繍《しゅう》が奥様の髪色に合っています！」

「こちらのイヤリングは青色の宝石が施されていて、この大きさの宝石は王国内でも滅多に見られません。奥様の瞳《ひとみ》と同色で素晴らしいと思いますよ！」

「は、はぁ……」

商人達が説明してくれて、どれも綺麗《きれい》で素晴らしいのだが、多すぎてよくわからない。

いろいろと悩むんだけど、一つ気になるのは……これだけ準備してもらっておいて、一着だけ買うのはやっぱりダメかしら？

おそらく商人達は公爵夫人だからドレスを何着も、宝飾品を何個も買える財力を持っていて、ここで買ってくれると思っている。

実際にここに揃《そろ》っているドレスや宝飾品を半分買っても大丈夫なくらい、品格維持費をアランから受け取っている。

しかもそれが一カ月に使ってもいい額というのが驚きだ。

だけど私は社交パーティーに着ていくドレスと宝飾品を数個だけ買って、終わろうと思っていた。

そこまで物欲はないし、ドレスや宝飾品を多く持っていても、毎日着る機会があるわけじゃないし、意味がないと思っていたから。

でもそれは多分ダメね、公爵夫人として。

こういうのをしっかり買って経済を回していくというのも、きっと公爵家の夫人としてやるべきことなのだ。

でも、どれを買えばいいんだろう……。

それこそ「ここからここまでを買います」と言えばそれで済むんだろうけど。

さすがにそんなことはしたくはない。

そう思いながら頭を悩ませていると、応接室の扉が開いて、レベッカが入ってきた。

「あら、レベッカ。どうしたの？」

「えっと、今日のダンスの稽古《けいこ》が終わったので、報告に来ました」

「そうなのね、ちゃんとできたかしら？」

「は、はい、執事長のネオ様がお相手してくれたので……」

レベッカの後ろには執事長のネオがいた。

彼はいつもアランの仕事を手伝っているのだが、今日は執事がついていくような仕事ではなかったようだ。

だから私についていたのだが、私がドレスを選んでいる間、レベッカの稽古を任せていた。

ネオはいつも笑みを浮かべていて物腰が柔らかいので、レベッカを任せても大丈夫だと思ったから。

「ソフィーア様、ご挨拶《あいさつ》申し上げます」

「ええ、ネオ。レベッカの稽古を見てくれてありがとう」

「とんでもございません、奥様がご指示されたことならなんでもさせていただきますよ」

ネオは綺麗《きれい》なお辞儀をしながらそう言った。

「レベッカのダンスはどうだったかしら？」

「とても素晴らしかったですよ。まだ習い始めて一年だとは思えないほどです。レベッカ様はダンスの才能もあるようです」

「そ、そんな、私はまだまだです……」

「いえ、レベッカ様。私はご主人様と同様に、お世辞は言いませんよ」

「ふふっ、そうよね、ネオ。レベッカはとても綺麗に踊るわよね」

ネオはアランと違い、社交性がある話し方をする。

だけど本当にレベッカはダンスが上手《うま》い、まだ十歳で一年しか習ってないとは思えないほどだ。

身長が足りないのでパーティーなどで踊ることは難しいかもしれないが、いつ誰と踊っても恥をかくことはないだろう。

むしろその美しさは他者の目を引き寄せるほどだ。

……親バカすぎるかしら？

いや、本当のことだから仕方ないわね。

「あ、ありがとうございます……」

恥ずかしそうに頬《ほお》を染めてお礼を言うレベッカも可愛《かわい》いわね。

そんなことを話していたが、商人達を待たせていることに気づく。

「あ、すみません、お待たせしました」

「いえいえ、大丈夫です。失礼ですが、そのお嬢様は……」

あ、そうか。まだレベッカはデビュタント——社交界デビューをしていないので、商人達にも容姿を知られていない。

ただベルンハルド公爵家が義娘を引き取ったという話は有名だから、見当はついているだろう。

「こちらはレベッカ・ベルンハルド、私の娘です。レベッカ、ご挨拶《あいさつ》を」

「レ、レベッカ・ベルンハルドです。よろしくお願いします」

レベッカが少し緊張しながらも、スカートの裾《すそ》を持ってお辞儀をした。

「これはこれは、ベルンハルド公爵令嬢様でしたか」

「見目麗しいご令嬢でしたので、そうだと思いました。お会いできて光栄です」

「あ、ありがとうございます」

商人達がレベッカに挨拶をしていき、レベッカも臆せずに目を見て挨拶をしている。

立場ではレベッカの方がもちろん上だけど、商人達は大人なので少し気後れするかと思ったけど、意外と大丈夫そうね。

ここ一カ月で私が褒《ほ》めながら教育をしているから、少しずつ自信がついているのかも。

破滅した未来では怒られて育ったから、自分を強く保つために心を閉ざしていたと思う。

だからこれはとても良い傾向ね。

「ソフィーア様、その、私も一緒に見ていていいですか？」

「ええ、もちろん。少し待っていてね、早く選ぶから」

「いえ、ゆっくり選んでいただいて大丈夫ですので」

レベッカはそう言ってくれるが、私も早くレベッカと楽しく話したい。

この後はまた二人でゆっくり、お菓子を食べながらお茶をする予定なのだ。

もう「ここからここまで全部」と言おうかしら。

「奥様、こちらの商品はどうでしょうか？　金色の宝石を施したネックレスです」

「えっと……」

「こちらは二組ありまして、レベッカ様とお揃《そろ》いで付けることもできます」

「買うわ」

「ありがとうございます！」

はっ、私は何を……！

私の口から意図せずに「買う」という言葉が出ていたわ。

だけど今のは仕方ないでしょ……レベッカと一緒のネックレスなんて、買うしかないわ。

まだ彼女はデビュタントしてないけど、ネックレスくらいなら普段使いできるから、買っても問題はないでしょう。

「奥様、こちらのドレスはいかがでしょうか!?」

他の商人が少し焦ったように商品を紹介してくる。

「こちらはとても高級な布を使っていて、うちの商会でしか卸していません！　なのでご注文いただければ、何色でも何着でもどんなデザインでも作れますよ！」

「そうですか……」

「もちろんサイズも自由ですので、レベッカ様と奥様でお揃《そろ》いのドレスを作ることも可能です！」

「注文するわ」

「ありがとうございます！」

はっ、私はまた何を……。

脊髄《せきずい》反射で返事をしてしまっていたわ。

だけどこれも仕方ない、レベッカとお揃いのドレスなんて何着あってもいいわ。

「失礼ですがレベッカ様のドレスもお作りしたいので、詳しいサイズを教えていただきたいのですが」

「そうね。レベッカ、大丈夫かしら？」

「え、えっと、もちろん大丈夫ですが……いいのですか？」

「何がかしら？」

「私の服も買ってくださるのは嬉《うれ》しいですが、その、ソフィーア様のお買い物では？」

「そうね、私の買い物だから、私が買いたい物を買っているの。私が買いたいものはレベッカとのお揃いのものだから」

「ソフィーア様……！」

レベッカが目を潤ませて嬉しそうに微笑《ほほえ》んでくれる。

私とお揃いで喜んでくれるのは嬉しいわね。

……嫌な顔をされたら、なんて考えてなかったけど、されなくて本当によかったわ。

レベッカのサイズを測るために、彼女は別部屋に行った。

そこでメイドに測ってもらって、商人に教えるという形だ。

「ソフィーア様、本当によろしいのですか？」

「えっ、何がかしら？」

ネオにそう問いかけられて、私は首を傾げる。

「そろそろレベッカ様は社交界デビューをされますが、その時にはおそらくまたドレスを見繕っていただくと思います。だから今注文するドレスを着る機会は、普通よりも少ないかもしれません」

「あら、そうなのね」

「はい、それにまだレベッカ様は成長途中、今ドレスを作られても着られなくなる可能性もあります」

確かにネオの言う通りね。

今作ってもすぐに社交パーティーで着るわけじゃないし、成長して着られなくなるかもしれない。

「そうね、だけど私は今欲しいの。今のレベッカとお揃《そろ》いで着られるのは、今しかないから」

私は予知夢で彼女の未来の姿を見ているけど、本当に綺麗《きれい》に成長していた。

だけど今は、とっても可愛《かわい》い。

この可愛さは今しかないんだから、今のレベッカと一緒のドレスを着たい。

もちろん大人になったレベッカとも一緒のドレスを着たいけど。

「……左様ですか」

「ええ、それに私は物欲がないけど、レベッカと一緒のものだったら買いたくなるし、これでいいのよ」

「ふふっ、かしこまりました。余計なことを言ってしまいすみません」

「いえ、大丈夫よ。心配してくれてありがとう」

その後、商人達が私が興味を持つもの……主にレベッカとのお揃いの物をいろいろと紹介してくれたので、いっぱい買ってお金を使うことができた。


数日後、私とレベッカのお揃いのドレスが届いた。

青とピンク色が主に使われていて、とても可愛らしくできている。

正直、私には可愛すぎるドレスかもしれないけど……レベッカの好きな色で作られたドレスなので、レベッカはとても嬉《うれ》しそうだ。

「こ、これ、本当に私が着てもいいのですか？」

「もちろん、レベッカ。私とお揃いよ」

レベッカのドレスはピンクを基調に青色が入っていて、私も同じくピンク色を基調に青色が少し入っている感じだ。

デザインや刺繡《ししゅう》などは完全に一致しているので、誰が見てもお揃いとわかるだろう。

「お、お揃いもすごく嬉しいです！　ありがとうございます、ソフィーア様！」

「ふふっ、喜んでもらえてよかったわ。これは普段着用で作ってもらったから、今日はこれを着ましょうか」

「は、はい！」

私達は別々の部屋に行って、届いたお揃《そろ》いのドレスを着た。

メイドに着替えを手伝ってもらい、レベッカと再び会うと……。

「ど、どうですか……？」

「可愛《かわい》すぎるわ……！」

そこには天使がいた。

ピンク色が基調のドレスだから着る人を選ぶと思うんだけど、レベッカはもう完璧に選ばれた側ね。

むしろレベッカがこのドレスを選んだ側だわ、うん、自分で何を言っているのかよくわからないわね。

それくらい似合っていて愛らしい。

「レベッカ、とても似合っているわ」

「あ、ありがとうございます。ソフィーア様も、とてもお似合いでお綺麗《きれい》です！」

「ふふっ、ありがとう」

今着ているのはまだ普段着用だから、比較的動きやすい。

社交パーティーではこれよりも動きにくいドレスを着て、多くの人と挨拶《あいさつ》をしたりダンスをしないといけないのがとても大変だけど……。

「じゃあ今日はこの服のまま授業をしていきましょうか」

「はい！」

うん、いい返事で可愛らしい笑みね。

だけど今日の授業は私がやるのではなく、私は見ているだけとなるだろう。

なぜなら……。

「本日は、魔法を学びましょう」

「はい、お願いします、ネオさん」

今日は本邸の庭で、執事長のネオに魔法を学ぶからだ。

私も魔法学は学んでいるので、理論とかはだいたいはわかっている。

だけど実技となると、話は全く別だ。

「ソフィーア様は魔法を使われないとのことなので、私がお教えしますね」

「ええ、お願いするわ、ネオ」

そう、私は魔法が使えないのだ。

魔法は貴族だったらほとんどの人が使えて、爵位が高い人ほど魔力が強い傾向にある。

だけど私は魔法が使えないから、レベッカに魔法を教えるなら他の者に頼るしかない。

幸い、執事長のネオは子爵家の子息で魔法も使えるので、レベッカへの指導をお願いした。

もちろんアランも魔法を使えるし、公爵家当主なのでめちゃくちゃ魔法は上手《うま》いだろう。

だけど忙しいから教えてもらうことはできない。

「レベッカ様は初めて魔法を使うのですよね？」

「は、はい」

「ではまず水を発現するところから始めましょうか。一番簡単で、火の魔法などよりは失敗しても安全ですから」

「わ、わかりました！」

魔法は難しく、十歳の子供ができるようなものではない。

魔力を持っている者なら十二歳くらいから魔法学園に入らないといけない。

ほとんどの貴族が魔力を持っているので、大抵はそこに入る。

そこで最低限の魔法の扱いなどを学んで、学園を中退するか、残ってさらに魔法を学ぶかを選ぶ。

だから十歳で魔法なんて普通は使えなくてもいいし、使えないものなんだけど……。

「こ、これで大丈夫ですか？」

「はい、とても素晴らしいですね、レベッカ様」

「あ、ありがとうございます。ですが形が安定していなくて……すみません」

「いえいえ、とてもすごいですよ。いや本当に、全くお世辞じゃなく、ありえないくらいに」

うん、やっぱりレベッカは天才ね。

見本でネオがやってみせた水の球体を作るのを、一発でほぼ完璧にやってみせた。

しかも魔力量が多いのか、どう見てもネオの魔法よりも大きい。

形が崩れているかもしれないけど、それは大きいから形を維持するのが難しいだけだと思う。

「やはりレベッカ様はベルンハルド公爵家の令嬢ですね、さすがです」

「本当にすごいわね、レベッカ」

「あ、ありがとうございます……」

頬《ほお》を染めて照れているレベッカ。可愛《かわい》らしいけど、隣に大きな水の球体があるのは違和感がすごいわね。

その後も魔法の練習を続けていくので、邪魔にならないように私は少し離れたところから見守っていた。

すると、後ろから声をかけられた。

「ソフィーア」

「あ、アラン、ご機嫌よう」

仕事が終わって帰ってきたのか、外着姿のアランが立っていた。

相変わらず佇《たたず》まいや容姿が美しいわね、無表情だけど。

「魔法の練習か」

「はい、そうです。私は魔法を使えないので、ネオに任せています」

「なるほど……レベッカの素質は悪くないようだな」

「……あれで悪くない、程度ですか？」

「む、違うのか？」

「十歳であれは才能がとてもあると思うのですが……」

「そうなのか、私は七歳くらいであの程度はできたから、わからないが」

やっぱりレベッカもいろんな才能があるけど、アランがすごすぎる。

本当に才能がありすぎて……アランにできないことなんて、この世に一つもないんじゃないかしら。

「確かソフィーアは魔力があるのに魔法が使えないのだったな」

「はい、そうですね。魔力があったので魔法学園には通いましたが、魔法が使えなかったので一年で中退しました」

魔力があっても魔法を使えない者は稀《まれ》にいる。

私も学園に入学する時は魔力量が多くて注目されていたけど、魔法が全く使えなかった。

周りにはなぜこんなに魔力があるのに、と不思議がられたけど、私にはギフトがあるからだろう。

ギフトも魔力を使うので、私の魔力はおそらく予知夢に全て使われている。

だから魔法が一切使えない、と推測している。

私が予知夢のギフトを持っていることは誰にも話してないので、ただ魔力量が高いだけで魔法が使えない者、として判断されて中退をした。

「そうか、そういう人もいるのだな」

アランは特に変わった様子もなく、普通の相槌《あいづち》をうった。

魔法学園に入学して魔法も使えずに中退する人なんてほぼいないし、馬鹿にする人も多いのだが……。

アランはやはりそういう人ではないわよね。

わかっていたけど、少し安心した。

まあ私に興味がないだけかもしれないけど……。

「ん……ソフィーア、その服はレベッカとお揃《そろ》いなのか？」

「あ、はい、そうです」

アランも気づいてくれた。まあ見ればすぐにわかるくらいにはデザインがお揃いだから、気づいて当然ではあるけど。

でもしっかり言ってくれるとは。

「私とレベッカが家族になった証《あかし》として、お揃いのものが欲しいと思いまして。前に商人の方々が来た時に、お揃いのものを作ってもらいました」

「なるほど」

「あっ、私の品格維持費で買ってしまいましたが、大丈夫でしたか?」

一応あのお金はその名の通り、私の品格を維持するためのお金。

本来はレベッカの物を買うものではないものだし……。

「ああ、全く問題ない。あれはあなたへの小遣い、だと思ってくれていい」

「わかりました、ありがとうございます」

よし、やっぱり問題ないみたいね。

ふふっ、これからいっぱいレベッカのために買うわよ……!

「私のはないのか?」

「はい?」

「私のお揃《そろ》いの服などはないのか?」

えっ、き、聞き間違いかしら?

いや、この距離で聞き間違えることはないと思うけど……アランも、私達とお揃いの服が欲しいの?

「す、すみません、用意してません」

「……そうか」

表情はほとんど変わってないけど、落ち込んでいるわね。

あら、なぜ彼が落ち込んでいるってわかったのかしら?

アランともここ一カ月ほど一緒に夕食を食べたりしてきたから、彼の表情の変化に慣れてきたのかもしれないわね。

だけどまさか私達と一緒の服が欲しいなんて思わなかった。

確かに私から「家族になりましょう」と言っておきながら、仲間外れは可哀想《かわいそう》ね。

「すみません、次は用意しておきますね」

「……ああ、任せた」

「はい」

ん、少し機嫌が直ったかしら？

意外と可愛《かわい》らしいところがあるわね、アランも。

最初に会った時はこんな人だとは思わなかったけど。

「わかっていると思うが、明後日は社交パーティーだ。準備はできているな？」

「はい、もちろんです」

そのためにドレスや宝飾品を揃えたのだ。

だけど公爵夫人になってからは初めての社交パーティーで、少し緊張するわね。

「そうか、では明後日は頼む」

「はい、よろしくお願いします」

「では、私はこれで」

「お仕事頑張ってください」

「ああ」

屋敷に戻るところを見送ろうと、レベッカ達の方に背を向けた瞬間――。

「――奥様、危ない!!」

「えっ」

ネオの焦った声が聞こえてそちらを振り向くと、目の前に土の塊のようなものが迫っていた。

これはレベッカの魔法？

もう土の魔法も練習しているの？

「わっ!?」

後ろに引っ張られて体勢を崩したが、その直後に目の前の光景が青白く染まった。

突然のことでよくわからなかったが、目の前にあるのは氷の壁のようだ。

そして氷の魔法を出しながら、私を後ろに引っ張ってくれたのは、アランだった。

驚いて彼の顔を見上げると、いつもより少し焦ったような表情をしていた。

「大丈夫か？」

「え、あ、はい……」

「怪我《けが》はないか？」

「はい、大丈夫です……っ！」

い、今気づいたけど、この体勢……アランに後ろから抱きしめられている？

私の頭がアランの胸元にある形で、見上げればすぐそこにアランの顔がある。

腰に手を回されて支えるように抱きしめられている形だ。

私はこの体勢を自覚して、顔に熱が集まってくる。

「そうか、よかった」

私の無事を確認したアランが安心するように頬《ほお》を緩めたのを見て、胸が高鳴ってしまう。

「す、すみません……！」

「何を謝る必要がある？」

「く、くっついてしまって、すぐに離れます……！」

「私が引っ張ったのだから問題ない。むしろ緊急時だからといって、抱きしめてすまない」

「だ、大丈夫です、ありがとうございます」

すぐにアランの胸元から離れてお礼を言った。

「ああ……大丈夫か？　顔が赤いが」

「だ、大丈夫です！」

「俺の胸に顔をぶつけたか？　優しく抱き寄せたつもりだったが」

「っ……！」

や、優しく抱き寄せたって……。

この人、全く恥ずかしげなく、よく言えるわね……！

「奥様、アラン様、大丈夫でしたか!?」

いつの間にか氷の壁はなくなっており、ネオとレベッカが焦った様子で近づいてくる。

レベッカにいたっては、真っ青な顔をしている。

「す、すみませんでした！　私が魔法を暴走させてしまって……！」

「大丈夫よ、レベッカ。アランが守ってくれたから」

「で、ですが……！」

レベッカは泣きそうになっている。

私はしゃがんで視線を合わせて、落ち着かせるように頭を撫《な》でる。

「大丈夫、初めてなんだから失敗して当然よ。むしろ初めてなのに土魔法も出せるなんて、本当にすごいわ」

「ソフィーア様……本当に、本当に大丈夫でしたか？」

「ええ、嘘《うそ》はついてないわ。なんなら後で一緒にお風呂に入って怪我《けが》がないか確認する？」

「っ、します！」

えっ、本当にするの？

少し冗談で言ったんだけど……でも裸の付き合いってあるし、一緒にお風呂に入るのもいいかしら。

「わかったわ、だけど本当に大丈夫だから。心配しないでね」

「はい……」

少し落ち込んだレベッカの頭をもう一度撫でる。

「奥様、アラン様、申し訳ございません。私がついていながら、危ない目に遭わせてしまいました……」

「私は大丈夫よ、ネオ」

「ネオ、私はお前が魔法の操作に習熟していると知っているが、油断していたのか？」

アランが深く頭を下げているネオにそう問いかける。

「いえ、言い訳になってしまいますが、油断をしていたわけではありません。風魔法で逸《そ》らそうとしたのですが、レベッカ様の暴走した魔法が想像以上に強く、私の力では逸らしきれませんでした」

「……そうか。お前の手に余る魔法だったのはわかったが、公爵夫人の身体に傷を負わせるところだったのだ」

「はい、私の不徳の致すところです」

「罰は……ソフィーア、何かあるか？」

「私ですか？　私は大丈夫なので、罰は必要ないと思いますが……」

「それでは公爵家の沽券《こけん》に関わる。罰を与えないといけない」

うーん、公爵夫人の立場として、使用人のミスに相応の罰を与えないといけない、というのはわかるけど……。

確かにアランがいなかったら、大きな怪我《けが》をしていた可能性もある。

でも私が魔法を使えないからネオに頼んだわけで、彼は魔法を教えたこともないのに教師役を務めてくれたのだ。

だからあまり厳しい罰は与えたくない。

「では、一カ月の減給でお願いします。額は二割ほどで」

「それだけでいいのか？」

「はい、私は怒っていませんし、アランに守ってもらえましたから」

「……あなたが言うなら、それでいいだろう。ネオ、わかったな」

「はい、奥様の寛大なお心に感謝いたします。このようなことがないように、これから精進いたします」

「ええ、よろしくお願いね」

少し危ないことがあったが、魔法の訓練はこの後も少し続けた。

アランが本邸で仕事をしに行く前に、「魔力操作の訓練だけにしておけ。魔法を発動しないで身体の中で魔力を循環させて、魔力操作に慣れるなど、訓練する方法などいくらでもある」とのことだったので、レベッカはそれを練習していた。

本当は魔法を発動させた方が面白いだろうし、夢中になるだろう。

でもレベッカは真剣に魔力操作を行っていた。

それにしても、まさかレベッカにここまで才能があるとは思わなかった。

これから魔法を教える時は、しっかりとした専門の先生を雇わないといけないわね。

その後、今日の魔法の訓練を終えて……私とレベッカは一緒にお風呂に入った。

別邸に滅多に使われない大浴場があるのだが、今日はせっかくだからそこを用意してもらった。

そしていつもはメイドに髪などを洗ってもらっているが、今日は自分達でやることにした。

レベッカの長い髪を、私が洗ってあげる。

「大丈夫？　しっかり目は瞑《つむ》っている？　流すわね」

「はい、大丈夫です」

洗った髪を流して、私達は大きな浴槽に一緒に入る。

十人以上で入っても問題ないくらいに大きいのだが、私達はくっついて入っている。

「レベッカ、私に傷はなかったでしょう？」

「えっ……あ、は、はい、そうでした！」

レベッカはハッとして返事をしていたが、完全に忘れていたようだ。

一応、私の傷を見るという理由で一緒に入っているんだけどね。

「す、すみません、ソフィーア様。ただ私がその、一緒にお風呂に入りたいと思っていただけでした……」

「ふふっ、そうなのね」

恥ずかしそうに口までお湯に沈めているのが可愛《かわい》いわ。

「大丈夫よ、別に怒っていないわ。私もレベッカと入れるのは嬉《うれ》しいしね」

「あ、ありがとうございます！　その、家族って、一緒にお風呂に入るものだと思って……」

「そう？　まあ仲良くないと一緒に入らないわよね」

「はい！　だからソフィーア様と一緒に入れて嬉しいです……！」

「私もよ、レベッカ」

そして私達は一緒にお風呂から出て、夕食へと向かう。

いつもは夕食を食べてからお風呂に入っていたけど、今日はレベッカが魔法の練習で汗をかいていたから、先に入ったのだ。

食堂に行くと、すでにアランが待っていた。

「すみません、お待たせしましたか？」

「いや、問題ない。数分程度だ」

一カ月前までは一分でも遅れたら、先に食べ始めていたけど。

アランも家族になるために行動してくれていると思うと、嬉しいわね。

席に着いて食事が運ばれてきて、三人で食べ始める。

「レベッカ、魔力の操作はどうだった？」

「は、はい、言われた通りにやりました。あまり上手《うま》くなった実感はありませんが……」

「魔力操作の練習とはそういうものだ。焦る必要はない、やっていれば必然と実力は上がっていく」

「か、かしこまりました、頑張ります」

「ああ」

この一カ月で少しずつレベッカとアランの会話も増えてきた。

とてもいい傾向だ、このままもっと仲良くなっていけたらいいわね。

「……ん、ソフィーア、何かいつもと顔つきが違うな？」

「はい？　そうですか？」

「ああ、なんだか少し幼く見えるような……」

私の顔をじっと見てくるアラン。

それに少しドキドキしながら理由を考える。

「もしかしたら、お風呂に入って化粧を落としているからかもしれません。いつもは公爵夫人らしく、凛《りん》として見えるように化粧をしてもらっていますから」

もとの顔立ちをいかした化粧だと思うが、良く言えば綺麗《きれい》な感じ、悪く言えば怖い感じに化粧をしてもらっている。

あまり化粧をしてもしなくても、私は変わらない方だと思うんだけど……アランはよく気づいたわね。

「なるほど、そうだったのか。いつもは綺麗《きれい》だが、今は可愛《かわい》いのだな」

「……えっ？」

なんだか少し恥ずかしい。

い、今、アランが、私のことを綺麗とか、可愛いって？

「アラン、今なんと言ったのですか……？」

「ん？　化粧をしていたら綺麗で、していなかったら可愛いと言ったが」

「っ……！」

き、聞き間違いではなかった……！

まさかそんな誉《ほ》め言葉を言われるとは思わず、顔が赤くなるのを感じる。

「どうした、私は客観的に見てそう思って言ったのだが、間違っていたか？」

「い、いいえ、間違っているわけでは……え、客観的ですか？」

「ああ、普段は凛《りん》としているのだから綺麗で、今は幼く見えるのだから可愛いのだろう？」

「……な、なるほど」

そうか、アランは客観的にとらえた事実を言っているだけなのね？

別に私のことを主観的に見て、綺麗とか可愛いって言ったわけじゃない……のかな？

でもアランはお世辞を言うような人じゃないし……よくわからないわね。

「わ、私もソフィーア様はいつも綺麗で可愛いと思っています！」

「ふふっ、ありがとう、レベッカ」

レベッカが可愛らしく褒《ほ》めてくれたので、頭を撫《な》でながらお礼を言う。

「レベッカもとても可愛いわよ」

「あ、ありがとうございます……」

うん、本当に、天使なんか目じゃないくらいにね。

アランの言ったことはあまり考えすぎないほうがいいかもしれない、答えはよくわからないから。


そして、社交パーティー当日。

私が準備をしている間、レベッカはずっとその様子を見ていた。

「ソフィーア様、お綺麗です！」

「ありがとう、レベッカ。退屈じゃなかった？」

「いえ、見ていてとても楽しかったです！」

「そう？　それならよかったわ」

やっぱりレベッカも女の子だから、ドレスや宝飾品、化粧とかが気になるのね。

今日は黒を基調に金色の刺繍《ししゅう》が入っているドレスで、宝飾品なども豪華で煌《きら》びやかな物が多い。

ベルンハルド公爵夫人として、初めての社交界デビューだ。

社交パーティーには何回も出てきたけど、今まででー番緊張するかもしれない。

今までは貧乏な伯爵家令嬢だったからあまり注目を浴びることはなかったけど、今は公爵夫人。注目度が圧倒的に違うだろう。

アランが一緒にいるから多分大丈夫だと思うけど、それでも緊張するし不安だ。

「じゃあ行ってくるわね、レベッカ」

「はい、いってらっしゃいませ」

レベッカが可愛《かわい》らしく見送りをしてくれる。

はぁ、これだけでも癒《い》やしね、少し緊張がほぐれるわ。

私はレベッカの頭を撫《な》でてから、本邸を出て門の前に停まっている馬車へと向かう。

すでに準備を終えていたアランが馬車の前で待っていた。

「お待たせしました、アラン……いえ、アラン様」

そうだ、これからは公の場だから、敬称を付けないといけないわね。

最近はずっとアラン呼びだったから、気を付けないと。

アランはいつも外着でピシッとした服装が多かったけれど、今日はいつもよりも綺麗《きれい》で厳かな服を着ている。

私と同じく金色の刺繡が入っている黒を基調としたジャケットで、髪も後ろにかきあげていて、いつもと雰囲気が違う。

端的に言って、とても素敵でカッコいい。

こんな姿で社交パーティーに出ていたら、公爵家当主じゃなくても人気者になるでしょうね。

「ソフィーア。待っていた、準備はできたか？」

「はい、できました」

「よし、行くか。ソフィーア、手を」

「はい」

アランに手を差し出されたので、私はそっと手を置いた。

そういえば、初めて彼としっかり触れ合った気がする。

……前に抱きしめられたけど、あれは不可抗力だった。

少しドキドキしてきた、社交パーティーへの緊張とは違う胸の高鳴りだ。

お、落ち着くのよ、私。まだ手を繫《つな》いだだけなんだから。

馬車に乗り込み、対面に座って社交パーティーの会場へと出発する。

「ソフィーア、大丈夫か。緊張しているようだが」

「はい、確かに少し緊張していますが、大丈夫です」

「何に緊張しているのだ？　社交パーティーは初めてではないだろう」

「もちろん初めてではありませんが、公爵夫人としては初めてです。公爵家として恥じない振る舞いができるか心配で……」

「今日は特に王族もいないし、ベルンハルド家以外に公爵家もいない。私達が緊張するような相手はいないぞ」

そこで王族や公爵家を出すあたり、本当にすごい立場なのね、公爵夫人って。

今までは同じ爵位の伯爵家、下の爵位の子爵家にすら貧乏伯爵家として馬鹿にされてきた。

それがいきなり変わると思うと、どんな振る舞いをすればいいかよくわからないわね。

「気を付けることと言えば、私の許可なしに事業の約束などをしないことだ。特に大きな金が動く事業などだな」

「かしこまりました」

私が公爵夫人で大きなお金を動かせるようになったから、そこを狙って事業の話をしてくる人がいるらしい。

もともと貧乏伯爵家の令嬢だったから、お金で釣れると思っている人は多そうだ。

そこは絶対に気を付けないといけないわね。

「あとは比較的自由にやっていい。ベルンハルド公爵家の名に恥じない程度にな」

「……はい」

いや、そこが一番難しいと思うけど……。

だけどアランなりに緊張を解こうとしてくれたのだろう。

「ありがとうございます、アラン様。頑張ります」

「だから頑張らなくてもいいのだがな」

そんなことを話していると、会場に着いて馬車が停まった。

よし、まだ少しだけ緊張しているけど、頑張らないとね。

先にアランが降りて、また手を差し出してエスコートをしてくれる。

「ありがとうございます」

「ああ……ソフィーア、もう一つだけ言っておく」

「なんでしょう？」

会場まで手を繋《つな》いだまま、アランは私と視線を合わせる。

「今日の会場で、ソフィーアよりも着飾っていて美しい女性は一人もいない。だから自信を持っていい」

「……はい？」

「ん？　聞こえなかったか？」

「い、いや、聞こえましたが……！」

この至近距離で聞こえないわけがない。だけどまさか、そんな口説き文句のようなことを言われるとは……！

こ、これも客観的に見てってことよね？

「公爵夫人として相応《ふさわ》しいドレスと宝飾品で着飾っているのだ、それよりも着飾れるほどの貴族は今日の会場にはいない」

「な、なるほど、服や宝飾品の話ですね！」

「ああ」

か、勘違いするところだったわ。

確かに公爵家の財力を使ったドレスと宝飾品だ、これらを超えるのは難しいだろう。

「だがまあ、それらを除いてもソフィーアを上回る女性はいないと思うが」

「えっ……？」

アランの呟《つぶや》いた言葉に、私はまた驚いてしまった。

「そ、それも客観的に見て、ですか？」

「ああ、客観的に見ても、だな」

えっ、その言い方ってつまり……。

「よし、緊張はほぐれたか？　行くぞ、ソフィーア」

「あ、は、はい……」

アランにそう言われて、私は彼の手に引かれて会場へと向かう。

緊張は、まだしている。

だけどさっきとはまた違う緊張で、顔に熱が集まってくる。

これから初めての社交パーティーで、集中して頑張らないといけないのに。

私は会場の中に入るまで、落ち着くために深呼吸をしていた。

その間、できるだけアランの存在を意識しないようにしていた。


社交パーティーの会場に入り、まずビックリしたのは会場の大きさ。

何回も社交パーティーやお茶会に出席してきたが、こんなに大きな会場は初めてだ。

貧乏伯爵令嬢だったので、大きな会場には呼ばれたことがなかった。

本当にすごいわね、これだけで圧倒されそうだわ。

これからレベッカもこんな会場で社交界デビューするのね……大丈夫かしら？

最初の社交界デビューはもう少し小さいほうが……いや、最初から大きい会場に慣れたほうがいいのかしら？

レベッカの社交界デビューは絶対に可愛《かわい》くて綺麗《きれい》に仕上げたいわね、この世の誰よりも可愛くなることは間違いないんだから。

……ふぅ、レベッカのことを思い出したら、さっきのアランに言われた言葉による緊張が少し抜けてきた。

アランも私の緊張をほぐすために言っただけだろう、うん、深い意味はない。

彼の腕に手を添えながら会場を回っていると、いろんな人に挨拶《あいさつ》される。

やはりベルンハルド公爵家だから、彼と話したい人が多いのだろう。

貧乏伯爵令嬢だった私は誰からも挨拶されないし、挨拶しに行くのが当たり前だったから、少し違和感があるわね。

これからはこれが当たり前になるんだから、慣れないといけない。

今はアランと別行動をしているのだけど、それでも私に挨拶しに来る人は多い。

「ベルンハルド公爵夫人、初めまして。チルタリス侯爵です、以後お見知りおきを」

「初めまして、チルタリス侯爵。ソフィーア・ベルンハルドです」

チルタリス侯爵家は、侯爵家の中でもかなり上位の家柄。

当主のチルタリス侯爵は髭《ひげ》を生やした初老の方、といった風貌《ふうぼう》だ。

伯爵家にいた頃じゃ挨拶もできなかったような貴族。

それが今では当主の方から笑みを浮かべて挨拶しに来るなんて、すごいわね。

「初めまして、ベルンハルド公爵夫人。私はアナエニフ伯爵です。こちらは娘のナタシャです」

「ナタシャです。初めまして、ベルンハルド公爵夫人」

次に来たのはアナエニフ伯爵家の当主の方と、私と同い年の令嬢のナタシャ。

私も相手と同じように笑みを浮かべながら挨拶をするが、一つ言いたいことが。

「初めまして、アナエニフ伯爵。ですがナタシャ嬢とは、お会いしたことがありますよ」

「えっ？」

「っ……」

アナエニフ伯爵は本当に知らなかったようだが、ナタシャは笑みが崩れた。

「私とナタシャ嬢は魔法学園で同じ教室で授業を受けていたのです」

「そ、そうだったのですか」

気まずそうにしているアナエニフ伯爵は、娘のナタシャを睨《にら》んでいる。

なんで言わなかったんだ、と怒っているような視線だ。

「忘れてしまったのでしょうか？　寂しいですね」

私は笑みを浮かべながらナタシャに話しかける。

忘れていたわけではないだろう。

言いたくなかったんでしょうね。

ナタシャは、私を一番見下していた令嬢の中の一人だ。

同じ伯爵家だけど、貧乏な家系の私と、裕福なナタシャの家系。

魔法学園に入学する前から見下されていたけど、入学する時は私の方が魔力量があったので、最初は憎たらしそうに睨まれていた。

だけど私が魔法が使えないとわかってから、さらにまた見下されるようになった。

それから魔法学園でも社交界でもずっと陰で笑われてきた。

だから私はナタシャを覚えているし、彼女も私を覚えているだろう。

「あ、あの、えっと……」

とても困っている様子のナタシャ。

彼女の父親のアナエニフ伯爵も気まずそうにしているわね。

うーん、この空気は周りにも伝わりそうだし、適当に誤魔化《ごまか》そうかしら。

「私は魔法学園を一年で中退したので、記憶に残っていなくても仕方ないかと思います」

「そ、そうでしたか！　娘のナタシャは三年ほど通っていて、記憶力もある方ではないんですよ。申し訳ありません、ベルンハルド公爵夫人」

アナエニフ伯爵が余裕のない愛想笑いをして、焦りながらもそう話した。

自分の娘を下げるような言い方をしているけど、親心がないわね。

まあ娘が娘なら、親も親よね。

「今後、覚えていただけると嬉《うれ》しいです」

「か、寛大なお心に感謝いたします、ベルンハルド公爵夫人」

私も愛想笑いをしながらナタシャに話しかけると、ナタシャも崩れた笑みでお礼を言ってくる。

ふふっ、なんだか胸がすくような気分ね。

もう少し何か言いたいような気もするけど、この場では相応《ふさわ》しくないでしょう。

「で、では私達はこれで。失礼します、ベルンハルド公爵夫人」

「失礼します」

「ええ、お互いにパーティーを楽しみましょう」

気まずい雰囲気になったから、早々にアナエニフ伯爵がナタシャを連れて私の下から去っていった。

去る時に一瞬、ナタシャが強く私のことを睨《にら》んできた気がする。

そういえばナタシャは、誰かは忘れたけど公爵家の殿方が好きだと言っていた。

もしかしたら、それがアランだったのかしら？

彼女のことは少し気になるけど、今は大事な時間なので集中しないといけない。

まだいろんな人と挨拶《あいさつ》をしないといけないのだから。


一通り全ての人との挨拶が終わり、少し落ち着けると思ったのだが、またチルタリス侯爵が話しかけてきた。

「ベルンハルド公爵夫人、楽しんでいらっしゃいますか？」

「チルタリス侯爵。はい、とても楽しいです」

まだ楽しめるほどの余裕はないけどね。

「それはよかった。本日は我が侯爵家が会場を決めて準備し、招待客などを決めたのです」

「招待していただいてありがとうございます」

「いえいえ、お礼を言うのはこちらですよ。ベルンハルド公爵夫人に来ていただけて、本当に光栄に思います」

「こちらこそ、チルタリス侯爵に招待されて嬉《うれ》しく思います」

「ありがとうございます。ベルンハルド公爵夫人がこんな綺麗《きれい》なお方だったとは、公爵様がとても羨《うらや》ましい限りです」

「まあ、お上手な方ですね」

私は照れているように振る舞いつつ、チルタリス侯爵の出方を窺《うかが》う。

純粋に褒《ほ》めてくれているなら嬉しいが、こういう人は相手を褒めて気持ちよくさせて、自分の話を上手《うま》く進めようとしている可能性が高い。

「本心ですよ。ドレスや宝飾品もとてもお似合いです。どちらでお買いになったのですか？」

「さあ、よく覚えていません。家に商人を呼んだのは主人ですので」

「そ、そうなのですか」

なんだか世間知らずの令嬢みたいな振る舞いをしてしまったが、本当のことだ。

普通にお店で買えばさすがに覚えていると思うんだけど、買った量も多かったし……。

「でしたら次は我が侯爵家がやっている商会に来てくださいませんか？　いい商品も揃《そろ》っていますし、公爵夫人にお話もありまして」

「話、ですか？」

「ええ、ここだけの話、貴族街の一画に新しいお店を建てようと思ってまして。公爵夫人とご一緒にお仕事ができたら素晴らしいと思ったのです」

「……なるほど」

まさか本当に事業の話がくるなんて……しかもチルタリス侯爵から。

どういう目的なのかしら？

「なぜ私と？　チルタリス侯爵とは初対面ですが」

「はい、初対面だからこそ一緒にお仕事をすることで関係を深めたいと思ったのです。詳しくは言えませんが、お店を開くなら公爵夫人の名義で建ててもいいと考えております」

よくわからないけど、怪しすぎるわね。

世間知らずの令嬢が公爵夫人になったから、騙《だま》そうとしているのかしら？

まあ特に魅力も感じないし、アランの言いつけを守るから、最初から断ることは決まっているけど。

「とても面白そうな話ですね」

「でしたら後日……」

「ですが私にはよくわからないので、主人のアラン様とご一緒にお話を伺ってもいいでしょうか?」

「……いえ、簡単なお話ですので、公爵夫人だけで大丈夫だと思いますよ」

チルタリス侯爵は笑みを全く崩さないが、少し雰囲気が変わったような気がする。

やはりアランがいたら話したくないような内容なのね。

名義を私にするって言ってたから、世間知らずな令嬢の私に事業をさせて失敗させたいとか?

それでベルンハルド公爵家の評判を下げたい、といった魂胆かしら?

「いえ、私は事業がわからないので、アラン様とお話を聞いた方がいいと思います。それでもよければ後日、公爵家にお誘いの手紙をお送りいただけたらお伺いします」

「……かしこまりました。事業の準備などの目途が立ちましたら、ご連絡いたします」

おそらくこれで連絡は来ない、もしくは事業ができないという連絡が来るだろう。

はぁ、緊張した。

この人、自分のパーティーを楽しんでほしいとか言いながら事業の勧誘をしてきたけど、楽しませる気はあるのかしら?

「ソフィーア」

「あっ、アラン様」

後ろからアラン様に声をかけられて、彼が私の隣に並ぶ。

「ベルンハルド公爵様、お久しぶりです」

「ああ、チルタリス侯爵。本日のパーティー、お誘いを感謝する」

「いえ、こちらこそ、公爵様に来ていただけてとても嬉《うれ》しく思います」

チルタリス侯爵が丁寧にお辞儀をして、アランはそれを見届けるだけ。

どちらが上の立場かはこの光景を見るだけでもわかるだろう。

「何を話していたんだ？」

「軽く世間話をしていました」

間髪入れずにチルタリス侯爵がそう答えた。

「ほう、ソフィーア、そうなのか？」

世間話、ではなかったと思うけど。

チルタリス侯爵がチラッとこちらを見てきた。

「はい、世間話をしていました。私のドレスや宝飾品がどこで買ったのか聞かれたのですが、私の知識不足でお答えできませんでした」

「そうか。チルタリス侯爵、商会を知りたいならあとで調べて連絡するが？」

「いえ、そこまでお手を煩わせるわけにはいきません。自分で調べることとします」

「ああ、わかった」

なんだかお互いに駆け引きをしているような会話ね。

「ベルンハルド公爵夫人と話すのが楽しくて、ついつい長く喋《しゃべ》りすぎてしまいました」

「いえ、こちらこそ楽しかったですよ」

「ありがとうございます。公爵夫人はとてもお綺麗《きれい》で聡明な方でいらっしゃる。こんな女性を娶《めと》った公爵様が羨《うらや》ましい限りです」

愛想笑いの笑みと取って付けたような言葉ね。

アランと違ってこの人はお世辞が上手《うま》いようで……。

「ああ、彼女が私のもとに来たのはとても幸運だった」

……えっ？

アランの言葉に、私とチルタリス侯爵の動きが止まった。

お、お世辞かしら？　彼はお世辞を言うことはあまりないけど、社交パーティーで人目があるから、妻を褒《ほ》めるのは計算かもしれない。

「そ、そうでしたか。公爵様は運もとても良いようですね」

私のことを褒めた侯爵も、まさかアランがこんなことを言うとは思っていなかったのか、少し動揺しているようだ。

今までの会話で全く崩れなかった笑みが、崩れかけている。

「ああ、私はこれまで実力で全てを手に入れてきたが、運もよかったようだな」

「な、なるほど、さすがベルンハルド公爵様です。では、私はこれで。パーティーを楽しんでいただけたら幸いです」

チルタリス侯爵は引きつった笑みをこぼしながら一礼をして、私達のもとから去っていった。

残ったのは私とアランの二人だけ。

「アラン様、さっきの発言は大丈夫なんですか？」

「どの発言だ？」

「そ、その……私があなたのもとに来て、幸運だったという、発言です」

自分でその言葉を復唱するのは恥ずかしいわ……！

「何か問題があったか？」

「ここは社交パーティーですから、その発言が広まる可能性があります。そうしたら変な勘違いが生まれて妙な噂《うわさ》が広まるかもしれません」

「変な勘違いとは？」

「だ、だからその、アラン様が私のことが好きとか、なんとか……」

なんでこんな恥ずかしいことを連続で言わないといけないの……！

だけど公爵家当主であるアランの変な噂が広がる可能性があるのは、伝えておいたほうがいいだろう。

色恋系の噂は男性からすれば興味ないかもしれないが、令嬢達はその噂に敏感だ。

そして令嬢達が噂《うわさ》をすれば、社交界に一気に広がっていく。

「そのくらいは問題ないだろう。ベルンハルド公爵家はその程度の噂で評判が下がることなどはない」

「そうですか、ならいいのですが……」

アランがそう言うなら大丈夫なのだろう。

そもそも、彼が社交の場で公爵家の名に傷がつくような発言をするとは思えない。

私が心配するまでもなかったみたいね。

「それに、特に変な勘違いではないだろう」

「えっ……？」

アランの呟《つぶや》いた言葉に、私は目を見開く。

勘違いじゃない？

「あの、アラン様、それって……」

どういう意味か聞こうとしたのだが……。

「公爵様、ぜひお話をさせてください」

「いえ、公爵様、私とぜひお話を」

「構わないが、話題は一人一つだ」

また貴族の方々が話しかけてきて、アランがその対応をし始めた。

さっきの発言の真意を聞けなかったから、あとで聞こうかしら？

とりあえず私にも話しかけてくる人は多いので、笑みを浮かべながら対応しよう。


社交パーティーに来てから二時間ほど、私は一度会場を離れてバルコニーに来た。

ここに来た理由は一つ……疲れたから。

まさかパーティーで休憩もなしに、ずっと人と話し続けるとは思わなかった……。

やっぱりベルンハルド公爵夫人って、すごい注目されるのね。

貧乏伯爵の令嬢の頃は、パーティーに出ても喋《しゃべ》る相手もあまりいないし、軽く喋ってから端っこの方で飲み物を飲んでいた。

それが公爵夫人になると、飲み物を飲む暇すらなかったわ。

さすがに疲れたので、一人でバルコニーに来た。

ここには椅子《いす》もあって座って休めるし、夜空を見上げることもできる。

はぁ、疲れたわね……主に表情筋が。

ずっと愛想笑いをしていたけど、それを維持するのも大変なのね。

アランはいつもどおりの無表情だから、表情筋は疲れないだろう。

私も無表情でいけばよかったかしら？　だけど伯爵令嬢の頃を知っている人もいるし、いきなり無表情の令嬢で通すのは無理ね。

そう、私を知っている人……たとえば。

「ソフィーア、いいご身分ね」

「……ナタシャ」

魔法学園の頃からの知り合いの、この子とか。

もう夜だが少しの明かりの中でも、彼女の長くて赤い髪はよく見える。

さっきは私と同じように愛想笑いをしていたけど、今は私と二人きりだからか、眉《まゆ》をひそめてこちらを睨《にら》んできている。

私がいつも見ていた彼女の表情は、こっちの方が多いわね。

それか私に陰口を言って嘲笑《あざわら》っているような顔とか。

「アナエニフ伯爵令嬢、私に何か用かしら？」

「ふん、何よその話し方。まるで自分の方が上だと言っているみたいね」

ああ、やっぱり彼女は変わらないわね。

さっき話した時の去り際の表情を見たから、わかっていたけど。

「みたい、とかではなく、今は私の方が上の立場なのよ。もう同じ伯爵令嬢じゃないの」

「はっ、何が同じ伯爵令嬢よ。あなたは貧乏伯爵家で、魔法の才能もなかった欠陥品だったじゃない」

ナタシャは吐き捨てるようにそう言った。

確かに貧乏だったし魔法の才能もなかったから否定はできないけど、欠陥品とは酷《ひど》い言いようね。

彼女は今、私がどんな立場かわかっているのかしら？

「アナエニフ伯爵令嬢、今の私は公爵夫人よ？　身の程をわきまえたらどうかしら？」

「っ……」

今の言葉を問題視すれば、すぐにでもアナエニフ伯爵家の事業などに痛手を与えることもできる。

ベルンハルド公爵家の力は、彼女もわかっているはずだ。

「ふ、ふん、あなたはそうやって借り物の力を振り回すことしかできないのよ。自分の力がないから、無様よね」

少しビビりながらも、まだ反抗的なことを言ってくるナタシャ。

意外と肝は座っているようだ。それともただの蛮勇かも。

これだけ絡んでくるのは彼女がアランのことを好きだったからかもしれない、と思ったから見逃していたけど、これ以上言われて放っておいたら公爵家の名が傷つく。

だからもう言うのはやめてほしいんだけど、彼女は止まらない。

「なんで貧乏伯爵令嬢のあんたが、ベルンハルド公爵様に選ばれたのか、本当に不思議でしょうがないわ。私の方が家系も上で、相応《ふさわ》しいはずなのに……！」

「……」

私と結婚する前、アランが結婚相手を探しているというのは、とても有名な話だった。

だからナタシャも立候補したはずで、それで選ばれた私を恨んでいるのかもしれない。

まあ、選ばれた理由は私も不思議なんだけど。

いや理由は知っている。でも、「レベッカと似ているから」という理由だけ。

もしかしたら彼女が赤髪ではなく金髪だったら、アランは彼女を選んでいたかも。

そう考えると、私は本当に運がいいだけだ。

「今は公爵様が何かの間違いであんたを愛しただけで、いつか絶対に飽きられるわよ」

「……」

いや、私は愛されていない。

なぜならこれは契約結婚で、契約書にも「アランのことを愛さないこと」と明記されているくらいだから。

もちろんこれは言ってはいけないから、黙るしかない。

「ふん、もしかしたら身体で誘ったのかしら？　あなたは顔だけはよくて、貧乏でも社交パーティーで男性からの誘いは多かったものね？」

「っ、あなた……！」

まさかそこまでの侮辱を受けるとは思わなかった。

私がナタシャを睨《にら》むと、彼女は少しビクッとしたが虚勢を張って笑みを浮かべている。

「あ、あら、図星だったかしら？　身体で誘うなんて、淑女として恥ずかしいわね」

「ナタシャ、いい加減に……！」

私もさすがに頭にきて、声を荒らげる寸前。

「ソフィーア」

私の名を呼ぶ声が聞こえて、驚いてそちらを向く。

声でわかっていたが、そこにはアランが立っていた。

いつの間にバルコニーに入ってきていたのか。

いや、今はそれよりも……彼に今の話を聞かれてしまったかしら。

あまり聞いてほしくない会話だった、特にアランには。

「アラン……」

「ここにいたのか。会場にいないからどこに行ったのかと思ったぞ」

「すみません、少し疲れたので休んでいたのです」

「そうか、ちゃんと休めたか？」

「はい、ありがとうございます」

いつも通りの会話だけど、彼の表情がいつもよりも怖い気がする。

無表情ながらも目つきが鋭く、雰囲気も尖《とが》っている感じだ。

「こ、公爵様……」

さっきからアランにいないように扱われているナタシャが、小さくそう呟《つぶや》いた。

その声を聞いてアランが初めて彼女を見たが、とても冷たい視線だ。

ナタシャは睨まれただけでビクッとして、もうすでに涙目になっている。

「貴様は、アナエニフ伯爵家のナタシャ嬢だったな」

「は、はい、そうです」

名前を憶えられていたからか、ナタシャは少し安心したように笑みを浮かべる。

しかし……。

「そうか、アナエニフ伯爵は無念なことだろう。娘のせいでこの国からその家系が消えてなくなってしまうのだから」

「えっ……」

アランの発言にナタシャだけじゃなく、私も目を丸くして驚いた。

「ベルンハルド公爵夫人に対して、罵詈《ばり》雑言を浴びせるとはな。その蛮行を後悔するといい」

「ひっ……！」

アランの冷たく鋭い言葉に、ナタシャは後ずさりながら悲鳴を上げた。

まさかアランがそんなに怒っているなんて私も思わなかった。

「ア、アラン様？」

「ソフィーア、行こうか」

私の手を摑《つか》んで会場に戻ろうとするアランだが、私はその前に声をかける。

「アラン様、待ってください。ナタシャ嬢のことですが、少しやりすぎでは？」

「……そうか？」

足を止めて私と視線を合わせてくれるアラン。

少し冷静になったのか、怒っている雰囲気は緩和している。

「確かに彼女の発言は看過できないですが、それにしても伯爵家を消すほどのことはないかと思います」

「……ソフィーアは怒っていないのか？」

「私も怒っていますが、アナエニフ伯爵家を消すほど怒っているわけでは……」

そう聞くということは、アランは伯爵家を消したいほど怒ったということ？

確かにベルンハルド公爵夫人への侮辱発言は看過できないけど、たかが伯爵令嬢の言った言葉。

伯爵家を消すほどの発言ではない、と思う。

「……そうか、わかった。あなたが言うなら、対応を変えよう」

「ありがとうございます、アラン様」

「だがアナエニフ伯爵家を消しはしないが、それ相応の報いを受けてもらわないとな。事業の半分を潰してやろう」

まあそれくらいなら……伯爵家にとっては大打撃だろうけど、家系を消されるよりマシでしょう。

事業の半分を潰されるのは、娘のナタシャの蛮行を止められなかったからだから、甘んじて受けてほしい。

「こ、公爵様、申し訳ありません……深く反省しておりますので、どうかお慈悲を……！」

ナタシャが泣きながらそう言っているが、またアランが怖い雰囲気になった。

表情はほとんど変わらないのに、すごいわね。

また彼が怒りそうなので、私は彼が落ち着くようにと手を強く握った。

すると少しだけ雰囲気が和らいだ気がする。

「ナタシャ・アナエニフ。貴様は最後まで私を苛立《いらだ》たせてくれるな。貴様が謝るべきなのは私ではないというのに」

「っ、その……」

「ソフィーアに謝る前に私に慈悲を求めるとは、本当に救えない者だ。もう貴様と話すことなど、一つもない」

「あっ……」

アランは私の手を引いてバルコニーを出ようとする。

しかしその手前で一度止まり、「そういえば」と話を切り出す。

「私が結婚相手を探している時に、数人の令嬢から恋文をもらったことがあるな。『私を選んでほしい』『なんでもする』と、手紙には書いてあったそうだ」

「っ、それは……！」

「執事に読ませて捨てさせたから、私は手紙の差出人の報告しか受けていないが」

これは……ナタシャの反応を見るに、数人の令嬢の中に彼女が含まれていたっていう話かしら？

だけどアランは結婚相手に愛情を求めてなどいなかった。

わざわざ「アランを愛さないこと」と契約させたほどに。

だから恋文を送ってくる令嬢なんて、彼にとっては煩わしいだけだろう。

「貴様はソフィーアよりも自分の方がベルンハルド公爵夫人に相応《ふさわ》しい、ソフィーアが私に愛されていないと戯言《ざれごと》を言っていたようだが……」

アランは振り向いて、ナタシャを見下すように睨《にら》む。

「貴様を選ぶことなど天地がひっくり返ろうがありえない、身の程を知れ」

「っ……」

アランが冷たくそう言い放ち、ナタシャがその場に崩れ落ちたのが見えた。

アランはもう彼女に興味を失ったのか、私の手を取り会場へと戻った。

会場に戻ったものの、アランはまだ少し刺々《とげとげ》しい雰囲気を放っていた。

アランもそれがわかったのか、これ以上会場にいても意味はないと判断したようで、最後にチルタリス侯爵に挨拶《あいさつ》をして会場を出た。

馬車に乗り込んで、公爵家の本邸に戻っている途中、私達の間には少し気まずい空気が流れていた。

公爵夫人の私にあんなことを言うなんて、まさかナタシャがあれほど愚かだとは思わなかった。

「ソフィーア、大丈夫か？」

「あ、はい、大丈夫です。少し疲れてしまいましたが」

「無理もない。明日は何も予定はないから、しっかり休んでくれ」

「はい、ありがとうございます」

その後、しばらく外を眺めながら馬車に揺られる。

アランも同じようにしていたが、少ししてから社交パーティーについて話し始める。

「今日の社交パーティーはどうだった？　ソフィーアは久しぶりだと思うが」

「はい、それにベルンハルド公爵夫人としては初めてでしたので、緊張しました。何か粗相がなかったか少し心配です」

「私が見る限りは問題なかったはずだ。チルタリス侯爵とは何を話したんだ？」

チルタリス侯爵、私が一人でいる時に事業の話をしに来た人だ。

あの時は雰囲気が悪くならないように適当に誤魔化《ごまか》したけど、今は本当のことを言ってもいいのよね。

「チルタリス侯爵には共同事業を勧められました。確か服飾や宝飾関係などでした」

「そうか、しっかり断ったのだろう？」

「はい、もちろん。明らかに怪しかったですし、公爵夫人の私の評判を下げたいのかと思いました」

「正解だ。チルタリス侯爵は地位や金に貪欲で、隙を見せれば喰らおうとしてくる。断ったのなら問題ないと思うが、油断はしないように」

「はい、かしこまりました」

やっぱりそうだったのね。

最初から受ける気はなかったけど、怪しいと思ったのは正解だった。

チルタリス侯爵にはこれからも気を付けないといけないわね。

「……一つ、失礼なことかもしれないが、聞きたいことがある」

「はい？　なんでしょう？」

アランがそんな前置きをして質問するなんて珍しい。

私が首を傾げていると、アランは少し聞きづらそうに話す。

「魔法学園を一年で中退、または魔法を全くできないだけで、あれほど侮辱されるものなのか？」

なるほど、そこが気になっていたのね。

アランは私が魔法ができずに一年で魔法学園を中退したと聞いても、全く態度を変えなかった。

その時は態度を変えなかったのはアランの優しさだと思ったけど、彼にはそれくらいで侮辱する意味がわからない、というわけね。

「どんな貴族の令嬢でも、魔法の優劣だけで差ができるとは思えない。むしろ魔法の優劣など、令嬢の価値や魅力には全く関係ないのではないか？」

「合理的に考えればそうですね。ですが世の中には合理的じゃない人もいまして、その中の一人がナタシャだったというわけです」

「……なるほど、確かにそうだな。少しでも考える頭があれば、公爵夫人にあれだけの言葉を吐くなどしないだろう」

アランは少し納得したように頷《うなず》いた。

ナタシャに対して酷《ひど》い言い草だけど、まあ仕方ないだろう。

私も数年間、彼女から侮辱的な言動を取られてきたのだから。

「貴族の中には、他人の価値や評判を落として、自分の地位を上げようとする者がいると思います」

「ああ、そういう者がいるのは否定はしない」

私に近づいてきたチルタリス侯爵もそれに近いだろう。

「ナタシャも私の家が貧乏なのを揶揄《やゆ》したり、私が魔法をできないことを貶《けな》したりすることで、自分の立場が私よりも上だと確認していたのでしょう」

「なるほど、愚者のやることだな」

「そうですね……」

今は立場が変わったのに、昔のように接してきたのにはビックリしたけど。

あちらから仕掛けてこなかったら、特に仕返しをしようなんて考えていなかった。

でももう手遅れね。

彼女が言ったことが、少し頭に残っている。

『なんで貧乏伯爵令嬢のあんたが、ベルンハルド公爵様に選ばれたのか、本当に不思議でしょうがないわ』

これに関しては、私も何も言い返せない。

だって私はレベッカに似ているだけで、運でしか選ばれていないのだから。

「ソフィーア、どうした？」

「あっ……いえ、ナタシャに恨まれるのは仕方ないと少し思いまして」

「恨まれるのは仕方ない？」

「はい。もちろん、仕方ないと言っても、貶《けな》されるのを見過ごすことはありません」

そこに関しては私の気持ちなど関係なく、ベルンハルド公爵夫人としてしっかりしないといけない。

だけど……。

「私の立場が変わったのは幸運だっただけですから」

その一言で、馬車内にまた沈黙が訪れる。

言わないほうがよかったかしら……だけど本当のことだ。

少し気まずいのでアランの顔を見ないように視線を背けていた。

「幸運、か。確かに当時の私は結婚相手など誰でもよく、ソフィーアを選んだ最終的な決め手はレベッカと似ているからだった」

「……はい」

そう、そして私からすればレベッカと似ているところなんて、金髪なだけだ。

だから私は運だと思ったのだが……。

「しかし私も、あなたを選んだことを幸運だと思っている」

「っ……」

その言葉は、社交パーティーの時にも聞いた。

あれはチルタリス侯爵もいたから、社交パーティーならではのお世辞かと思ったが……ここには二人しかいないから、アランがお世辞を言う必要はない。

「あなたが公爵家に来てから、レベッカは成長した。レベッカが私に対しても自分の意見を言うようになり、笑顔が増えた。とても素晴らしいことだ」

「それは、レベッカが頑張ったからで、私の成果じゃ……」

「いや、ソフィーアが来なかったら、レベッカはずっと自分の気持ちを言えないでいたかもしれない。私もレベッカと今のように多く関わることはなかったと思う」

確かに今はレベッカとアランは食事の度に会話をしているけど、私がいない時は全然話す機会もなかったと聞いた。

私がその架け橋になっているのは嬉《うれ》しい。

「それにレベッカを抜きにしても、私はあなたに好感を覚えている」

「えっ……」

「そうでもなければ、私はあなたとほぼ毎日食事を一緒に取らない。私は結婚する前、何度も令嬢達と食事をする機会はあったが、あの時間はとても苦痛だった」

「そうだったのですか？」

「ああ、私に気に入られようとする令嬢の話を聞き流す、くだらない時間だと思っていた」

「な、なるほど」

公爵家当主ともなればいろんな令嬢から誘いがあっただろう。

全部断るのも難しいし、彼も大変だったのだろう。

「だがソフィーアと食事をするのは落ち着いていてよかった。会話をしていても特に疲れないからな」

「そうですか、それは嬉《うれ》しいです」

それは私がアランに好かれようとしていないから、じゃないかしら?

最初から契約で「愛してはいけない」とあったから、気に入られようと行動する必要がなかった。

それが今までずっと令嬢に迫られていたアランには、心地よかったのかもしれない。

「他の令嬢だったら、こんな関係にはなれなかっただろう。そして前にあなたが言ったことも、覚えている」

「私が言ったこと?」

「ああ、私達は家族になれる、という言葉だ」

アランは口角を上げてそう言った。

確かに言ったけど、そこまで優しい笑みで思い出すような言葉だったかしら。

「今でも、そう思うか?」

「はい、もちろんです」

正直、もう家族になっていると思うのだが……確信を持てないから、何とも言えない。

何をしたら、どうしたら家族になったかなんて、私もよくわからないから。

「そうか、それは嬉しい限りだ。私もレベッカと、ソフィーアと家族になりたいと強く思っている」

「私もです、アラン」

だけどアランがこれだけ家族になりたいと思ってくれているのは嬉しい。

彼は家族に対して、何か思い入れがあるのだろうか。

「ソフィーアがいなければ、私はレベッカと家族になりたいと思うこともなかっただろう。だからあなたが結婚相手で、本当によかった」

「あ、ありがとうございます……」

優しい笑みと共にそう言われたら、胸が高鳴ってしまう。

これは恋人として求められているわけじゃなく、家族として求められているだけだ。

勘違いしないようにしないと……！

だけど社交パーティーで、私が「アラン様が私のことを好いているという変な勘違いをされてしまう」と言ったら、彼は……。

『特に変な勘違いではないだろう』

と言っていた。

あの時は言葉の真意を聞けなかったけど、今聞こうかしら？

「あの、社交パーティーでアランが言っていたことで……」

「私が言っていたこと？」

「……や、やっぱりなんでもないです」

なんて聞こうか迷って、やはりやめた。

質問も「私のことが好きですか？」と聞くしかない気がして、そう問いかけるのは恥ずかしすぎる。

恥ずかしいし、おそらく勘違いだから。

「そうか？　何か質問があるなら、いつしても構わないぞ」

「はい、ありがとうございます」

公爵夫人としての初めての社交パーティーは、成功と言ってもいいだろう。

これからも社交パーティーはあるけど、しっかり頑張らないといけないわね。

第四章　家族とは？

公爵夫人として初めての社交パーティーが終わってから数日後。

私のもとにお茶会などの招待状がいっぱい届いていた。

主に侯爵家や伯爵家などの上級貴族からだ。

聞いたことあるような貴族の家系ばかりで、本当にすごいわね。

この招待状からどのお茶会に行くかも、しっかり選ばないといけない。

公爵夫人として社交界デビューしたばかりだから、みんな顔合わせをしたいと考えているのでしょうね。

忙しくなりそうだわ。

だけど今は、目の前のやるべきことをしないといけない。

それは……。

「レベッカ、上手《うま》くできているわよ」

「あ、ありがとうございます！」

レベッカとの共同作業、お菓子作りだ。

今日作っているのはドーナツ。これも材料を混ぜていくのがほとんどなので、レベッカと一緒に作れる。

最後に揚げないといけないので、そこは危ないから私がやるけど。

ホットケーキもよかったけど、ドーナツは自分で形を作れるのが楽しい。

真ん中に穴をあけてもいいし、あけなくてもいい。

「ソフィーア様、この形でも大丈夫ですか？」

「ええ、大丈夫よ。それはウサギさんかしら？」

「はい！」

穴をあけないドーナツに耳のようなものがついている形だ。

これは揚げる時に注意をしないと折れてしまうかもしれないわね。

レベッカを悲しませないように気を付けないと。

全部のドーナツを揚げて、無事にウサギの耳も折れなかった。

あとはこのドーナツにチョコをかけたり、ちょっとした装飾をしている。

「レベッカ、これはウサギさんの目かしら？」

「はい！　すごく可愛《かわい》いです！」

「そうね、可愛くできているわ」

ウサギさんを作って喜んでいるレベッカの方が可愛いけどね！

と大きな声で叫びたいのを我慢する。

調理場にいる料理人達もこちらを見てぷるぷると震えているので、レベッカの愛らしさに叫びたいのを我慢しているのかもしれない。

そして調理が終わって、本邸の庭に移動する。

今日は天気も良いので、庭でお茶をすることにしたのだ。

メイド達に準備をしてもらって、レベッカと一緒に作ったドーナツを食べる。

「うん、美味《おい》しいわね」

「はい、美味しいです！　やっぱりソフィーア様が作るお菓子はすごいです……！」

「レベッカが手伝ってくれたからよ」

美味しいし、ドーナツを食べて幸せそうにしているレベッカも可愛い。

とても幸せな空間ね。

レベッカと喋《しゃべ》りながらドーナツを食べ進めていたのだが、彼女の手が止まった。

「もうお腹《なか》いっぱいかしら？」

「あっ、いえ、そうではないのですが……」

「じゃあどうしたの？」

残っているのはレベッカが一番力を入れて作ったウサギのドーナツだ。

お腹がいっぱいじゃないなら、何で食べないのだろうと思ったのだが……。

「その、ウサギさんのドーナツを食べるのが、可哀想《かわいそう》と思ってしまって……」

「……ふふっ、そうなのね」

何とも可愛《かわい》らしい理由で躊躇《ためら》っているだけだった。

いや、だけど彼女からすれば重要よね。

「レベッカ、食べなかったら食材を無駄にすることになるし、それこそ可哀想《かわいそう》よ?」

「そ、そうですよね」

「ええ。それにまた一緒に作れるから、大丈夫よ」

「あ、はい！　また一緒に作りたいです！」

「うん、私も」

「はい……じゃあ、ウサギさん、いただきます」

ウサギのドーナツに一礼をして、少し躊躇ってから一口食べる。

最初は罪悪感があったような表情だったけど、食べてからは幸せそうに頬《ほお》が緩んでいる。

はぁ、本当に可愛いわ……！

レベッカを見ているだけで疲れが吹き飛んでいく。

お菓子でレベッカも疲れが取れるといいんだけど……。

「レベッカ、最近の勉強は復習ばかりだけど、大丈夫?」

「はい、座学の復習は順調だと思いますが……魔法がやはり難しくて」

「最近は魔法をいっぱい練習しているみたいね」

「はい、その……前にソフィーア様を危ない目に遭わせてしまったので」

「私は大丈夫だったから、気にしなくていいのよ？」

「いいえ、あれは私が未熟だったので、次は絶対にないようにしたいです」

前にレベッカが魔法を暴走させて私に当ててから、彼女は魔法をよく練習するようになった。

それはいいのだが、少しやりすぎだとは思う。

前に彼女の部屋に行ったときに、机の上が魔法学の本などで埋まっていた。

おそらく授業以外にも、部屋で魔法を学んで、練習しているのだろう。

「頑張るのはいいけど、無理はしないようにね」

「はい、わかりました」

真剣な表情で頷《うなず》くレベッカ。

本当に大丈夫かしら？

「ソフィーア、レベッカ」

後ろから声をかけられ、振り向くとアランがいた。

「アラン、今お帰りですか？」

「ああ、今日は仕事が早く終わったからな」

屋敷に帰ってきて、庭でお茶をしている私達に会いに来てくれたようだ。

アランの後ろには執事長のネオもいた。

「お、お帰りなさいませ、アラン様」

「ああ、ただいま、レベッカ」

まだレベッカはアランと喋《しゃべ》る時は緊張するようだが、今のやりとりは家族っぽいわね。

「ん、そのお菓子はまた作ったのか？」

「はい、私とレベッカが一緒に作りました」

「とっても美味《おい》しいですよ！　アラン様もその、よかったら……！」

レベッカは期待を込めた視線でアランを見上げている。

アランはしばらく悩んでから頷《うなず》く。

「ああ、私もいただいていいか？」

「は、はい！」

「もちろんです」

私とレベッカが頷くと同時に、ネオがアランの椅子《いす》を持ってきていた。

さすが、仕事ができるわね。

アランはネオが持ってきた椅子に座り、ドーナツを手に取って一口食べる。

「……やはり、美味しいな」

「ですよね！　やっぱりソフィーア様が作るお菓子は、とても美味しいんです！」

お菓子のこととなると、アランにも饒舌《じょうぜつ》になるレベッカがとても可愛《かわい》い。

私もアランが美味しいと言ってくれてほっとした。

彼は甘いものが苦手と言っていたけど、私達が作るお菓子は美味しいと言ってくれる。

それがお世辞でもないとのことなので、なぜ美味しく感じるのかはよくわからない。

だけどアランが私達の作ったお菓子を、口角を少し上げて目を細めて、美味しそうに食べてくれるのは……うん、なんだか照れるけど嬉《うれ》しいわね。

「ソフィーア、お茶会などの誘いはきているか？」

「はい、私が把握しきれないほどお誘いがきています」

「そうか。面倒だと思うが、いくつかは受けてくれ。あと、私と共に出ないといけない食事会などもあるから、あとで日程を伝えておく」

「かしこまりました」

本当に忙しくなりそうね……。

それにアランと一緒に出ないといけない食事会って、相手は誰なんだろう。

もしかして国王陛下とかじゃ……ま、まさかね。

レベッカとずっと仲良くお茶をしているのが幸せなんだけど、そうもいかない。

公爵夫人としての仕事はしないと。

「ここから数週間は顔合わせなどで忙しくなると思うが、それを過ぎれば無理にお茶会や社交パーティーなどに出なくていい」

「かしこまりました、公爵家の名を落とさないように頑張ります」

「そこまで肩に力を入れるものではない。ソフィーアなら問題なくできるだろう」

「ありがとうございます」

アランがそう言ってくれているけど、油断しないように頑張ろう。

だけど私が社交パーティーに出ることが多いと、レベッカの勉強などを見ることができなくなる。

「レベッカ、私は少し忙しくなりそうだから、勉強は見られなくなるけど、大丈夫？」

「はい、大丈夫です！　しっかり勉強します！」

「うん、それは全く心配してないんだけど……」

レベッカは真面目だから私が見ていなくても、怠けたりはしないだろう。

逆に、一生懸命やりすぎる気がする。

今でも時々、私が止めないと勉強し続けることがあるから。

「あまり無理しないようにね、レベッカ」

「はい、ご心配ありがとうございます」

レベッカは微笑《ほほえ》んで嬉《うれ》しそうにそう言った。

最初に会った時は笑みを浮かべるのも少なかったけど、最近は普通の子供のように笑ってくれる。

レベッカの笑顔のために、私も社交活動を頑張らないと。

その後、私は複数のお茶会に参加をして、いろんな令嬢や夫人と関係を築いていった。

主にベルンハルド公爵家と関係があるような貴族とのお茶会に参加した。

そんな感じで絞らないと、本当に無数にあって選べなかったのだ。

それでも公爵家と関わりがある貴族は多いし、結構大変だった。

しかも私が伯爵令嬢の頃では関わりがほとんど持てなかったような、上級貴族の方ばかりだったから、とても緊張した。

つい一、二カ月前までは挨拶《あいさつ》もできなかった人達から、逆に挨拶されるような立場になるのは、神経が磨り減るわね……。

お茶会はだいたい一人で行って、挨拶をして楽しく会話をする。

時々、チルタリス侯爵のように事業の話をしてくる人もいたけど、それは全部断った。

最悪だったのが、私が貧乏伯爵令嬢だったのを知っていた方もいて、それを馬鹿にしながら事業の話をしに来た者も何人かいた。

そんな愚か者はナタシャだけかと思ったけど、意外といるのね。

ナタシャのような令嬢だけではなく、どこかの伯爵家当主の小太りの男性もいた。

『あなたの家、イングリッド伯爵家は私が何回も金を貸してやったんですぞ。だからその見返りをくれるのが筋ってもんじゃないのかね？』

とかなんとか、したり顔で言ってきてイラっとした。

もう事業の話というよりかは、ベルンハルド公爵家の金を寄越せみたいな、脅しに近いものだ。

『それは本気で言っているのですか？』

『当たり前じゃないか。貧乏伯爵家の令嬢は、話も通じないのかね？』

……今思い出してもイラついてくるわね。

だけど私は笑みを浮かべながら対応をした。

『そうですか。それならベルンハルド公爵家の当主、アラン様に伝えておきますね。あなた様が見返りで金をくれ、と言っていることを』

『はっ？　い、いやいや、ベルンハルド公爵様に言っているわけがなかろう。私はイングリッド伯爵家の令嬢のあなたに……』

『私は伯爵家令嬢ではなく、ベルンハルド公爵夫人です。なので私にお金を求めるということは、公爵家にお金を求めるということです。私だけでは判断できないので、当主のアラン様に報告させていただきますね』

『っ……い、いや、その必要はないだろう。ああ、もう見返りなどは求めないから、大丈夫だ、うむ。言うんじゃないぞ、絶対に！』

と脂汗をかきながら、私のもとから逃げるように去っていった。

もちろんアランには報告して……その後、そのことが伝わったのか、伯爵家当主が屋敷に直接謝りに来ていたけど、門前払いだった。

多分あの伯爵家当主は、もう見ることはないでしょうね。

しかしイングリッド伯爵家——私の家は他の貴族からお金を借りたりもしていたのね。

あまり知らなかったけど、やはり想像を超える貧乏だったのかも。

もうあまり、興味はないけど。

「ソフィーア、大丈夫か？」

目の前に座るアランに話しかけられて、ハッとした。

「っ、ええ、大丈夫です、アラン」

今は馬車の中で、ある食事会が終わった帰りだ。

それがとても大変だったので、少しボーっとしてしまっていた。

「どうやら疲れが溜まっているようだな」

「まあ、そうですね……身体の疲れではなく、精神的に疲れました」

「そうか。だが食事会やお茶会などの誘いは、そろそろ落ち着くだろう。今日の国王陛下と王妃陛下との食事会で、ひとまず終わりだ」

「……はい、そうだと嬉《うれ》しいです」

そう、今日は国王陛下と王妃陛下と食事をしたのだ。

本当に、とても緊張したわ……。

伯爵令嬢の頃も陛下にはお会いしたことがあるけど、とても大きな社交の場、貴族が全員来るような場で軽く挨拶《あいさつ》をした程度で、個人的に話したことなど一度もない。

それなのに、いきなり食事会なんて……本当にビックリした。

しかも王宮で対面して食事をしたから、緊張しすぎて何を喋《しゃべ》ったのかあまり覚えていないけど……大丈夫だったわよね？　何か失礼なことやってないわよね？

一個だけ覚えているのは……。

『公爵夫人は、ベルンハルド公爵の好きなところはあるかしら？』

王妃陛下が意外とお茶目な方で、そんなことを聞かれた。

私は緊張しているし、アランの好きなところを聞かれてテンパってしまい……。

『ぜ、全部です！』

と答えてしまった。

一瞬だけ静まったけど、王妃殿下が一気に盛り上がった。

『あらあら、そうなのね！　ベルンハルド公爵は確かにいい人ですものね！』

若い令嬢のような反応を見せた王妃陛下。

だけど王妃陛下もまだ三十歳くらいだった気がするし、そういう話もしたいのだろうか。

国王陛下とアランは結構仲が良さそうで、また今度一対一でも食事をする約束をしていたようだ。

それにつられて、王妃陛下も私と一緒に食事をと言われたのだが……さすがに断り切れなかったわね。

ま、まあ、日にちは決まってないし、社交辞令で誘ってくれただけかもしれない。

でもアランと国王陛下が仲が良いのは、少し予想していた。

予知夢で見た未来で第一王子とレベッカが婚約していたわけだし。

第一王子とは今日は会わなかったけど、またいつか会う機会があると思う。

レベッカと第一王子は、予知夢通りに婚約するのかしら？

婚約するとしたら、どうやって決まるのか。

おそらくアランと国王陛下が話して決めたんだろうけど……。

「あの、アラン。第一王子って何歳でしたか？」

「第一王子？　確か十二歳だったな」

十二歳、レベッカの二個上ね。

確かに婚約者としてはお互いに近い年齢でいいだろう。

「その、レベッカと婚約とか、そういうお話はまだ出てないですよね……？」

「第一王子とか?」

「はい」

「いや、まだ特に出ていない」

「そ、そうですか」

よかった、やはりまだ婚約の話は出ていないようね。

「なぜそんないきなりそんな話を?」

アランが不思議そうに首を傾げてそう聞いてきた。

な、なんて言い訳をしようかしら……。

「えっと、陛下とアランが仲が良そうだったので、そういう話もあるのかと思って」

「まだ出ていないが、レベッカがまだ十歳だからな。婚約の話をするのはさすがに早いと私も
だが、陛下も思っているだろう」

「なるほど……」

「ソフィーアは、レベッカの婚約相手が第一王子がいいと考えているのか?」

「あ、いや、全くそういうわけじゃありません」

確かに今の話の流れだと、私がそう思っていると勘違いさせてしまうだろう。

だけど私としては、全くの逆だ。

予知夢ではレベッカは第一王子と婚約をして、王子から愛をもらえなかったから悪役のよう

な振る舞いをしてしまって、それで処刑されるという感じだった。

だから第一王子と婚約しなければいいのでは、とも思っている。

もちろん、愛に飢えていたら誰と婚約しても、愛を求めてしまうのかもしれない。

そこは今、私がレベッカを愛してあげているから、多少は改善していると思っているけど。

「レベッカには……自分がちゃんと好きになった相手と婚約、結婚してほしいと考えています。それにレベッカのことを愛してくれる人ですね」

うん、それはとても大事だ。

レベッカを愛してくれる人だったら、破滅する未来は絶対にこないだろう。

あんな可愛《かわい》くて天使みたいな子は、普通に考えれば社交界で引く手数多《あまた》だ。

むしろなぜ第一王子はレベッカのことを好きにならなかったのか理解できない。

「ふむ……わかった、できうる限りそうしよう」

「えっ、いいんですか？」

「ああ、問題ない。政略結婚をしないといけないわけじゃないからな」

「な、なるほど」

私とアランは契約結婚だけど、レベッカの結婚は政略結婚などではない。

アランは恋愛が面倒だったから契約結婚をしただけで、レベッカには自由恋愛で結婚を認めてくれるらしい。

「少し意外でした、アランは恋愛結婚を推奨しないのかと思っていました」

「別に推奨しないわけじゃない。ただ私は恋愛結婚に向いていない。それは両親や弟夫婦を見ればわかっていたことだ」

両親や弟夫婦？

弟さんは恋愛結婚……というより愛人を作って結婚したと思うけど。でもレベッカを愛していなかったから、親としては最低だった。

だけど、アランのご両親は？

私は彼の両親に会ったことない。

両親も恋愛結婚ではなかった、ということかしら？

「私も恋愛結婚ではなかったが、もしかしたら恋愛結婚に向いていたのかもしれないな」

「えっ？」

「私は妻に好かれているようだったからな」

「えっ、あ……」

その言葉に私は顔が赤くなってしまう。

おそらく食事会で私が「全部です！」と答えたことを言っているのだろう。

「ち、違いますよ、あれはいきなりの質問で混乱してしまって……！」

「……ふっ」

私が焦って言い訳をしはじめると、アランが口角を少し上げて笑った。

「すまない、揶揄《からか》ってしまったな」

「ほ、本当に違いますからね？　わかってますか？」

「ふっ、わかっている。だからそこまで否定をするな、嫌われているのかと思うだろう？」

「す、すみません。嫌ってもいませんからね？」

「ああ」

揶揄われてしまったが、少し嬉《うれ》しくも感じる。

最初に会った時はこんな会話ができるほど仲良くなるとは思わなかった。

それに今の言葉とかも、私に好かれても問題ない、みたいに聞こえる。

だけど私は「アランを愛してはいけない」という契約をしているのだ。

あまり勘違いしないようにしないと……というか、アランが勘違いするような行動をしないでほしいんだけど！

「ん？　睨《にら》んできて、どうした？」

「……なんでもありません」

「そうか」

勘違いさせないでほしい、という思いを込めて睨んだが、全く伝わってなさそうだ。

その後、私達は馬車で屋敷へと戻った。

国王陛下と王妃陛下との食事会が終わり、翌日。

私は久しぶりの休暇で、商店街に来ていた。

公爵夫人だから商人を屋敷に呼びつけることもできるのだが、気分転換をするために外に来たのだ。

最近はお茶会で令嬢や夫人と座ってしゃべり続けたり、会場の中で歩いてたりしたから、ずっと室内だった。

移動する時も馬車で、外に出ることが少なかった。

だから買い物に来たのだが……。

「その、いいんですか？　付き合ってもらっても……」

「ああ、問題ない」

まさか、アランと一緒に商店街に来るなんて。

彼も今日は休暇のようで、私が商店街に行くと伝えると、一緒に行くと言ってくれたのだ。

今は二人で並んで商店街を歩いている最中だ。

ベルンハルド公爵家当主のアランは有名人で、顔も良いから目立つと思ったんだけど。

「その眼鏡は魔道具ですか？」

「ああ、顔があまり認識できなくなる効果を持つ。私は目立つからな、重宝している」

彼がつけているのは何の変哲もない黒縁の眼鏡のように見えるが、しっかりとした魔道具のようだ。

確かに彼はカッコいいし、公爵家当主として有名だから、街中でも目立つ。

私はまだ公爵夫人として顔が知られているわけじゃないから、変装しなくても問題ないだろう。

周りに人が多いのに、アランのことをほとんど見ていない。

アランが社交の場にいたら、いろんな令嬢に見惚《みと》れられることが多いのに。

「私には普通に見えますが？」

「隣にいたら、さすがに効果は薄れる」

そうなのね、私には本当に普通にアランの顔が見える。

眼鏡をかけても似合っていて、カッコいいわね。

「そんなに私の顔を見てどうした？」

「あ、いえ、眼鏡姿も素敵だと思いまして」

「そうか、ありがとう。この姿も、ってことは、いつも思っているってことか？」

「……その、客観的に見て、アランは素敵ですから」

「ふっ、なるほど」

アランは少し揶揄《からか》うように笑った。

またその笑顔にドキッとしてしまった。アランはずるいわね……。
「ほ、ほら、早く行きましょう。今日は買いたい物があるんです」
「ああ、わかった。ソフィーア、手を」
「はい」
ここは社交の場ではないからエスコートは必要ない。
反射的に繋《つな》いでしまったけど、まさかエスコートをしてくれるとは。
なんだかデートみたいだけど……いいのかしら？
少しドキドキしながら、私とアランは商店街を歩き出した。
今日買おうと思っているのは、全部レベッカのためのものだ。
最近はレベッカと長く一緒にいる機会が少なかった。
時々彼女と話したりすると、一人で座学の復習などはしっかり頑張っているみたいだ。
だからその頑張りを褒《ほ》めるために、彼女の好きそうなものを買ってあげるつもりだ。
レベッカはウサギが好きで、甘いお菓子も好きだ。
それと私と一緒に料理するのも好きと言ってくれていて、とても可愛《かわい》くて嬉《うれ》しい。
さすがにウサギを飼うことは……できないわよね？　あれ、できるのかしら？
アランに頼めば飼えそうな気もする。
とりあえず今日は、また甘いお菓子を作る道具を買う予定だ。

「ここです、アラン」

「そうか」

調理器具が売っている店に入って、並んでいる商品を見ていく。

次にレベッカと作りたいと思っているのはクッキーで、クッキーをウサギの形にするための型抜きが欲しい。

「あ、ありました」

「ふむ、これを探していたのか？」

「はい。……結構種類が多いですね」

ウサギの形もあれば、犬や猫などの動物、他にも星やハート形のものもある。

レベッカはウサギが好きなのは知っているけど、他はどれが好きなのかしら？

こんなに種類があると思っていなかったから、迷うわね。

「アランはどれがいいと思いますか？」

「全部でいいんじゃないか？」

「……確かに全部買っても問題はないですが」

私の品位維持費だけで、ここのお店に並んでいる商品を全部買えるけど。

買い物の醍醐味《だいごみ》というのはそういうことじゃない。

商品を見て悩む、というのも楽しいのだ。

しかも今回は自分のためじゃなく、レベッカのための買い物。

彼女のために買い物をするというだけで楽しい。

だけど型抜きに関しては、全部買ってもいいかもしれない。値段もそこまで高くないしね。

「じゃあこれを全部買ってきます」

「いや、私が買おう」

「えっ、ですがこれは私の買い物ですよ？」

「妻のソフィーアの買い物は、夫の私の買い物でもある。問題ないだろう」

「あ、ありがとうございます」

妻とか夫とか言ってくれると少しドキッとする。

ここは素直に甘えて、アランに払ってもらおう。

私の品格維持費で払うと言っても、元を辿《たど》れば公爵家の、彼のお金だから財布は同じだ。

いろんな型抜きを買って店を出る。商品は彼が全部持ってくれている。

だけどこれから他にもいろいろ買おうと思っているのだけど、大丈夫かしら？

そう思っていたら、どこからか執事長のネオが現れた。

「アラン様、荷物をお持ちします」

「ああ、頼んだ」

「はい、ではごゆっくり」

ネオは一礼してすぐに去っていった。

えっ、ネオがずっとついてきていたの？　全く気付かなかったけど。

「アラン、ネオがついてきていたのですか？」

「ああ、他にも公爵家抱えの騎士が何人か周りにいるぞ」

「えっ、そうなのですか!?」

私は周りを見渡すが、それらしい姿は見えない。

「私達の邪魔をしないように騎士の格好はしていないから、ソフィーアはわからないと思うぞ」

「そうなのですね……アランはどこにいるかわかるのですか？」

「ああ、例えばあそこの店前にいる二人。あれは騎士だ」

「……なぜわかるのですか？」

確かに店前に二人の男性がいるけど、武器も持っていないし普通に街に馴染んでいる人にしか見えない。

「騎士の顔を覚えているのですか？」

「それもあるが、ずっとついてきている気配があるからな。私も剣や魔法を学んでいるから、その程度はわかる」

「なるほど……」

アランはとても優秀で剣と魔法の腕もすごいから、騎士の人の気配が読めるのね。

彼がチラッと店前にいる男性二人を見ると、少しビクッとしてそそくさと離れていった。

今の反応を見ると、確かにあの二人は騎士みたい。

公爵家だから街に出るのにも護衛は必要なのね。

だけどこれでどれだけ多くの物を買っても、ネオや他の騎士達に持たせられる。

「では次に行きましょう、アラン」

「ああ。ソフィーア、手を」

「……あの、ここは社交の場ではないので、エスコートをしなくてもいいのですよ？」

さっきは咄嗟《とっさ》に手を繋《つな》いでしまったが、とりあえず確認してみる。

彼も私と同じように、いつもの社交の場の感覚でエスコートをしているだけかもしれないから。

「ん？　エスコートをしてほしくないのか？」

「いや、そうではありませんが。アランに無理をさせるわけにはいかないと思いまして」

「無理などしていない。私がやりたいだけなのだから」

アランはそう言って、私に差し出した手を下ろそうとはしない。

「そう、ですか。ではお言葉に甘えて」

「ああ、それでいい」

彼と手を繋いで、また次の店へと歩き出す。

私はアランと「家族になりたい」とは言ったけど、ここまで妻として優しく接してくれるとは思っていなかった。

だけど勘違いしないようにしないと、私達はただの家族なんだから。

……そう思いながら、高鳴る胸と熱くなる頰《ほお》を落ち着かせようと深呼吸をした。


その後、私は少し予定を変えて、先に服飾店へと向かった。

ここは前に私とレベッカのお揃《そろ》いの服を作ってもらったところだ。

店内に入ると、前に公爵家に来てくれた商人の方がいて、私のことにすぐに気づいて人当たりの良い笑みを浮かべて近づいてきた。

おそらくこのお店の店長なのだろう。

「これはこれは、ベルンハルド公爵夫人。ようこそいらっしゃいました」

「ええ、前は私の服とレベッカの服をありがとう。とても素晴らしかったわ」

「こちらこそありがとうございました。気に入っていただけて光栄です」

そんな会話をしていると、店長が私の隣にいるアランを見る。

「失礼ですが、そちらは執事の方でしょうか？」

執事？　ベルンハルド公爵家当主のアランのことを知らないのかしら？

あっ、そうか、認識を阻害する魔道具の眼鏡をしているからわからないのね。

「えっと……」

アランの正体をバラしていいかわからず、チラッと見て彼と視線を合わせる。

彼は一つ頷《うなず》いて、眼鏡を外した。

瞬間、店長が目を見開いて頭を下げた。

「べ、ベルンハルド公爵様でしたか！　ご無礼を働き申し訳ありません！」

「いい、問題ない。騒ぎにしないようにしてくれ」

「か、かしこまりました。こちらへどうぞ」

店長は軽く一礼をしてから、私達をお店の奥の部屋に連れて行ってくれる。

最初は店の中を軽く見ようと思っていたけど、さっきの店長の声で周りの客から注目を浴びているし、奥の部屋に行った方がよさそうね。

奥の部屋に案内され、ソファにアランと横並びに座り、前のソファに店長が座る。

「その、ベルンハルド公爵夫妻様、本日はどのような服をお探しで？」

店長がそう聞いてきたので、私が喋《しゃべ》り始める。

「今日は三着ほど注文したいの。デザインはまだ決めていなくて、数着ほど見せてもらえるかしら？」

「はい、かしこまりました。ではデザインが描いてある冊子がありますので、そちらを準備いたします」

「ええ、ありがとう」

すぐに店長に冊子を持ってきてもらい、デザインを見ていく。

当然だが、ほとんどが女性用のドレスのデザインだ。

「男性用の服のデザインも見せてもらえるかしら？」

「はい、かしこまりました」

店長は全く驚きもせずに冊子を持ってきてくれるが、隣で静かにしていたアランが話かけてくる。

「なぜ男性用を？　あまり服については詳しくないが、ソフィーアは男性用の服も着るのか？」

「いえ、さすがに私は着ませんよ」

「ではなぜだ？」

アランは不思議そうに首を傾げる。

「前に私とレベッカがお揃《そろ》いの服を買った時に、アランも欲しいと言っていたじゃないですか。だから今日、新しく三人の服を注文しようとしたのです」

私が笑みを浮かべて言うと、アランが目を見開いた。

本当はアランが今日ついてくるとは思わなかったので、内緒にしておいてプレゼントしてあげようとしたのだけど。

一緒に買い物に来たので、二人でデザインを選ぼうと思ったのだ。

アランは驚いたようだが、すぐに目を細めて嬉《うれ》しそうに笑った。

「そうか、ありがとう、ソフィーア」

その笑みは私が予知夢で見た優しい笑みに、今までで一番似ていた。

うっ、今のは不意打ちの笑顔で、胸が高鳴ってしまう。

少しレベッカとも重なって、とても愛らしく感じてしまうわね。

「とてもいい考えだと思います、公爵夫人。うちの店に任せていただければ、ご家族三人の服をしっかり作らせていただきます」

「っ……家族、か」

アランが店長の言葉に反応し、その言葉を復唱した。

周りからは、家族と思われているようね。

まあ相手は私とアランが愛のない契約結婚をしているとは知らないから、当然だろうけど。

「ええ、では頼むわ。私とレベッカのサイズは前回と同じだけど、アランは……」

「私は自分のサイズを覚えている。口頭でいいか？」

「はい、ありがとうございます」

アランが店長に自身の服のサイズを伝えて、私とアランは服のデザインを見ていく。

私とレベッカは女性、アランは男性だから、全員が着られる服は限られる。

「アランはどれがいいですか？」

「ふむ、全部買ってもいいんだぞ？」

「ふふっ、ダメですよ。選ぶのが楽しいんですから」

私はアランに冊子を見ながら、「これいいですね。三人でも着られます」と指差しながら話す。

「……ああ、そうだな」

アランは少し口角を上げて笑みを浮かべながら、肯定してくれる。

彼も「これなんかどうだ」と指して提案した。

「いいと思います。デザインはこちらの方が好みですか？」

「派手な装飾はあまり好きではないからな」

「ふふっ、アランらしいです」

私達はそんな会話をしながら、冊子の中から選んでいく。

やはり買い物は悩むのも楽しい、それにアランと話しながらだとより楽しさが増している気がする。

彼もそう思ってくれているといいんだけど。

「ではこちらでよろしいですか？」

「ええ、それでお願いするわ」

アランと選び、一つの服のデザインを決めた。

男性と女性が着られるような上着で、装飾は控えめなものとなっている。

社交パーティーでは着られないけど、普段使い用の上着という感じだ。

「ありがとうございます。急いで作らせていただきますので、数日ほどお待ちください」

「ええ、よろしく」

店長が他の店員と喋《しゃべ》りに行って、すぐにこちらに戻ってきた。

「ご夫妻が選んだ上着ですが、お二人にほぼぴったりのサイズがすでにありますが、ご試着なさりますか？　デザインや色などは少し違いますが」

「そうね、雰囲気もわかると思うし、お願いするわ」

「かしこまりました」

そして選んだデザインの上着を持ってきてもらい、試着して鏡の前で確認をする。

うん、いいわね。

個人的にも落ち着いていて好きなデザインだ。

あとは色やサイズを微調整してもらえれば完璧だろう。

「アラン、どうですか？」

私が振り返って、アランが着ている姿を確認する。

うん、とても似合っているわね。

まあアランなら何を着ても似合うだろうけど。

「ああ、とても似合っているな」

「えっ？」

「ん？」

似合っている？　えっ、自分の姿を見て？

アランって自分でそんなことを言うかしら？

「どういうことですか？」

「ソフィーアが似合っていて綺麗《きれい》だ、という話ではないのか？」

「えっ、あ……」

私の「どうですか？」という言葉は、アラン自身の着心地などを聞いたつもりなのだが、アランは違う意味で捉えていた。

……普通に褒《ほ》められていたようなので、照れてしまう。

「あ、ありがとうございます。その、アランもとても似合っていますよ」

「ああ、ありがとう」

なんだか周りにいる店長や店員に穏やかな目で見られていて、少し恥ずかしいわね。

その後、私とアランは店長に見送られて店を出た。

ここでは特に荷物を持って出たわけではないので、周りにいるであろうネオが荷物を取りには来ない。

「いいのを選べてよかったですね」

「ああ、そうだな」

私とレベッカ、それにアランのお揃《そろ》いの服を買えてとても満足だ。

届くのがとても楽しみね。

そんなことを考えながら歩き出そうとしたが……。

「ソフィーア、手を」

「あ、はい」

またエスコートをしてくださるのね。

そう思って手を差し出した。

「ソフィーア、約束を覚えてくれていてありがとう」

何のことか一瞬わからなかったが、お揃いの服のことについてだとすぐにわかった。

「約束したのですから、もちろん覚えていますよ」

「ああ、だがとても嬉《うれ》しかった。ありがとう」

アランはそう言って微笑《ほほえ》み、私の手を取って……手の甲に唇を落とした。

何が起こったのか一瞬わからず固まってしまったが、彼の唇の感触や熱があとから伝わってきて、一気に顔が赤くなっていく。

「え、えっ……！」

手の甲と彼の顔を交互に見て慌てふためいてしまう。

私の様子を見てか、彼はまたクスッと笑った。

「ふっ、大丈夫か？　顔が真っ赤だが」

「っ、だ、誰のせいですか……！」

「私のせいか？　まあ、そうだろうな」

楽しそうに笑うアラン、私は恥ずかしくなって視線を逸《そ》らした。

まさか彼がこんなことをしてくるとは思わなかったので、本当に驚いた。

今までで一番胸が高鳴ってしまっている。

「ソフィーア、嫌だったか？」

「い、いえ、嫌では、なかったですが……」

「そうか、それならよかった」

穏やかに笑ったアランは私の手を取り、街中を歩いていく。

「次はどこへ行くのだ？」

「え、えっと、あちらです」

「逆だったか。ではソフィーアが落ち着くまで適当に歩こうか」

「は、はい……」

その後、しばらくアランに手を引かれて街を歩いたが……なかなか顔から熱が引かず、彼の顔も見られなかった。

◇　◇　◇

ソフィーアが街へ出かけると聞いて、ついていくと決めたのは気まぐれだった。

私も今日は珍しく休みで、彼女とゆっくり過ごしたいと思っていた。

休みなどは書斎で一人、読書することが多かった。

本は一回読めば全部覚えるので、毎回新しい本をネオに用意させていたが、今日は用意しなくていいと言うと、少し驚いていたな。

そしてソフィーアと一緒に街へ出て、店をいろいろと回った。

買い物とは私にとって家で商人を呼んでするもので、自ら店に行くのは新鮮だった。

そしてさっき行った服飾店では、まさか私とソフィーア、レベッカの揃《そろ》いの服を作りに行くとは思っていなかった。

それを言われた時に、胸に広がったあの温かい感覚を、私は一生忘れないだろう。

彼女が調理器具を選ぶ時は、全てを一気に買えば迷わずに効率がいいと思ったのだが。

服を選ぶ時はソフィーアと一緒に話しながら迷っていたのが、少し楽しかった。

買い物が楽しいと思ったことは今まで一度もなかったが……彼女と一緒にいると、自分でも驚くような感情になる。

これから行くというスイーツ店もそうだ。

私は甘いものが苦手で、それは今も変わらない。

だが彼女が作るお菓子やスイーツは美味《おい》しく食べられる。

好物の食べ物はないが、きっと彼女の作る物は好きな部類に入るのだろう。

だからスイーツ店に行くのも、少し楽しみではあった。

「ここですね、アラン」

「ああ」

店の中からすでに甘い匂いがするが、やはりそれだけで苦手だと自分でもわかる。

一人だったら絶対に入らないだろう。

「レベッカは甘いものが好きなので、彼女のために買って帰るのもいいですし。今はどんなスイーツがあるのか見て、作る幅を広げるのもいいですね」

「商品を見れば作れるようになるのか？」

「作り方などが想像できれば、ある程度は真似《まね》ることができると思います」

「なるほど、すごいな」

「あっ、アランも買ったら食べますか？」

「いや、私はいらない。ソフィーアの作った物しか美味しく感じないからな」

「そ、そうですか……」

少し照れたように笑みを浮かべて返事をするソフィーア。

そんな彼女の表情で感情がわかるようになってきた気がする。

ソフィーアと一緒だから、この苦手な場所でも楽しくなるのかもしれない、と思った。

……だから、想定していなかった。

「えっ、お姉ちゃん？」

「あっ……ベルタ」

ソフィーアの笑顔が、曇るようなことが起こることを。

スイーツ店に入って最初はよかった、彼女も楽しそうに商品を見ていた。

彼女の横で一緒に並べられているスイーツを見ていき、いくつか試食をしようと店員に伝えて待っていたところだった。

ソフィーアがいきなり女性に話しかけられたのは。

「やっぱりお姉ちゃんだよね？　えー、久しぶりだぁ」

「……そうね、ベルタ。久しぶり」

ベルタ・イングリッド、私も一度だけ会ったことがある。

私が妻の候補を探している時に、彼女もその中の一人として会ったはず。

髪色がソフィーアと同じ金色で、肩に届くくらいの長さ。

顔立ちもそこまで似ていないな、ソフィーアの方が美人だ。

「お姉ちゃん、なんでここにいるの？」

「もちろんスイーツを買うためよ」

「あは、そうだよね、ここはスイーツ店だもんね」

作られているような笑顔だ。

私は社交の場によく出ていて、いろんな貴族と話す。

だからある程度、表情で相手がどんなことを思っているのかがわかる。

今のベルタの表情は、姉のソフィーアを心の中で馬鹿にしているような表情だ。

「ベルタもどうしたの？　ここは高級スイーツ店だけど、家にそれだけの余裕はあるのかしら？」

ソフィーアは心配しているような口調だが、少し嫌味が入っているのを感じる。

彼女にしては珍しいことだ。

「もちろん、お姉ちゃんがベルンハルド公爵家に売られたから、かなりお金に余裕はあるわ」

「……そう、よかったわね」

ソフィーアが、公爵家に売られた？

確かにイングリッド伯爵家には、契約結婚なのを口外しないことなどの条件を飲んでもらうために、かなりの大金を渡している。

だがソフィーアをその金で買ったとは、私は全く思っていない。

イングリッド伯爵家はそう捉えているのか？

「お姉ちゃんこそ、スイーツ店に来るのは珍しいんじゃない？　家では私やお母様のために作ってくれていたけど」

「ええ、そうね。私も公爵夫人になったからお金に余裕があるし、好きな人のためにスイーツを作れるわ」

この姉妹の会話を聞くだけで、家族仲がよくないというのがわかる。

今は好きな人のために作れる、と言っているが、伯爵家にいた頃は無理やり作らされていたのか？

だが作ること自体は好きと言っていた気がするな。

「ふふっ、好きな人って……お姉ちゃん、公爵様に愛されてないでしょ？」

嘲笑《あざわら》っていることを隠すこともせず、ベルタはそう言った。

イングリッド伯爵家の者だから、契約結婚のことを知っていてもおかしくはない。

だがソフィーアが言った「好きな人」というのは、私ではなくレベッカのことだろう。

だからベルタの勘違いなのだが……腹が立つな。

前までの私だったら、自分以外の人間が見下されたりしていても、特に何も感じなかっただろう。

だが今は公爵夫人が舐められているからか……いや、違う。

ソフィーアが馬鹿にされているのが、イラつくのだ。

前の社交パーティーでもそうだった。

どこかの伯爵令嬢がソフィーアを馬鹿にしていて、それにとても腹が立った。

自分でも思った以上に怒ってしまい、そこの伯爵家を潰そうとしたが、ソフィーアに止められて少しだけ冷静になった。

だがあのまま激情に任せて伯爵家を潰していても、後悔はなかっただろう。

「ベルタ、契約については外で漏らしてはいけないと聞かなかったの？」

「別に誰も聞いてこないわよ。それとも何？　そんなに愛されてないって事実を突きつけられるのが嫌なのかしら？」

「っ……」

今も、私は前回と同じようにイラつき始めている。

これ以上聞いていたら先日と同じようにイングリッド伯爵家を潰したくなってしまうから、そろそろ話に入るか。

私はソフィーアの後ろに立っていたが、隣に立ってベルタを見下す。

彼女はおそらく私が後ろで控えていたから、執事だと思っていたのだろう。

だが私が眼鏡を外した途端、ベルタは驚きの表情を浮かべる。

「こ、公爵様!?」

おそらくベルタは社交の場などでは、ソフィーアに話すような態度ではなかったはず。

私もベルタと何度か話したことは覚えているが、これほど裏表がある令嬢だったとは。

驚いた表情をしていたベルタだが、すぐに社交の場で見たような笑みを作った。

「公爵様、ご無沙汰しております。いつも姉がお世話になっております」

私が話を聞いていたと気づいているはずなのに、面の皮が厚い奴だ。

普通ならすぐに公爵夫人の悪口を言っていたことを謝るはずだ。

「今日はお姉ちゃんの買い物に付き合っているのですか？　とてもお優しいのですね」

公爵夫人が姉だから、謝らないでいいと思っているのか？

それもあるだろう。

だが一番の理由はおそらく……私がソフィーアをどうでもいい存在だと思っている、と考えているからだろう。

ベルタは私とソフィーアが契約結婚なのを知っている、形だけの結婚だということを。

だから私がソフィーアを大事に思っていない、と考えていてもおかしくない。

「妻の買い物に付き合う程度で、優しいと思われるとはな」

「えっ……そ、そうですよね。公爵様はもとからずっとお優しい方ですものね」

私の言葉に驚きながらも、笑みを崩さずに私だけを褒《ほ》めるベルタ。

徹底的に私だけの機嫌を取ろうとするのだな。

私が嫌いな令嬢の特徴の一つだ。

そして私の妻、ソフィーアを蔑《ないがし》ろにしているのが一番腹が立つ。

「お姉ちゃんはそちらでご迷惑をおかけしていないですか？　お姉ちゃんは何も取り柄がなくて、迷惑をかけていないか心配です」

ベルタは作り笑いをしながらそう言ってくる。

ソフィーアを馬鹿にしないと話ができないのか？

これがイングリッド伯爵家では普通だったのか？

とても、不愉快なことだ。

「唯一の取り柄がお菓子作りで、私やお母様にいつも作っていたのですよ。まあ美味《おい》しいのは認めますが、このお店のスイーツのほうが断然美味しいですけどね」

「……黙れ」

「えっ……」

もうこのうるさい女の声、話を聞きたくない。

「ベルタ・イングリッド伯爵令嬢。貴様はベルンハルド公爵夫人に対して、目に余る言動が多いぞ」

「あ、す、すみません……ですがその、お姉ちゃんなので……」

「貴様の姉である前に、公爵夫人だ。そしてここは家の中ではなく公の場、言動には気を付けろ」

「も、申し訳ありませんでした」

ベルタはようやく作り笑いをやめて、怯《おび》えながら謝ってくる。

この店には他の客もいて、店の真ん中で令嬢が頭を下げていると目立ってしまう。

そして私はもう眼鏡を外しているので、すでに公爵だとバレてしまっているな。

これ以上、この店にいたら邪魔になってしまうし、興が削がれた。

「ソフィーア、すまない。店を出るか」

「あ……はい、そうですね」

ソフィーアも周りを見て私と同じように思ってくれたようだ。

私はソフィーアの手を引き、ベルタに背を向けて店を出ようとする。

しかしその前に一つ、ベルタの言葉で否定しておくことがある。

「一つ言っておくぞ、ベルタ嬢。私はソフィーアが作ったスイーツが世界で一番美味《おい》しいと思っている。もう貴様が食うことはないだろうがな」

後ろにいるベルタを睨《にら》みながら言うと、「ひっ」と情けない声が聞こえた。

私は店を出る前に入り口近くにいる店員に声をかける。

「店員、注文をいいか？」

「は、はい！」

「この店にあるスイーツの全種類を二つずつ」

「全種類を二つ……!?　か、かしこまりました！」

「あとで公爵家の使用人を送る、会計や運搬はそいつに任せてくれればいい」

「かしこまりました！　ありがとうございます！」

何種類あるのかは知らないが、これで迷惑料くらいは払えただろう。

私は食わないが、ソフィーアとレベッカは食べるはずだ。

食べきれなかったら使用人達に食べてもらうのもいい。

そのまま私達は店を出て、二人で黙ったまま街を歩く。

さっきまでとても心地よい空気感だったのに、一気に気まずい感じになってしまったな。

残念だが仕方ない。

私は公爵家の馬車が停まっている方向へと歩いて、そこにいるネオと合流する。

「このまま帰る。さっき行ったスイーツ店に注文をしたから、人を送れ」

「かしこまりました。お疲れ様です」

ネオは何も聞かずにお辞儀をした。

こういう時にネオは空気が読めるから、余計なことを言わない。

私とソフィーアは車内に入り、すぐに馬車が走り出す。

しばらくお互いに黙ったまま揺られていた。

「……ソフィーア、大丈夫か？」

「あっ……はい、大丈夫です、ありがとうございます」

ソフィーアに声をかけると、少し苦笑するように返事をする。

「むしろすみません、私の身内が迷惑をかけてしまって」

「あのくらい問題ない。野良犬に噛《か》まれた程度、にもならないな」

「ふふっ、アランにはそうですよね」

少し落ち込んでいるような雰囲気のソフィーア。

彼女にしては珍しい。前に社交パーティーでナタシャ嬢に暴言を吐かれた時は反抗していた。

今回はベルタ・イングリッド……彼女の妹、家族だからか。

「……さっきの妹との会話を聞けばわかると思いますが、イングリッド伯爵家で私は期待されていない欠陥品でした」

ソフィーアは少し悲しそうな笑みを浮かべながら話す。

「私の家はご存じの通り貧乏で、両親は娘を愛しておらず、金を稼ぐ道具としか思っていません。私はすぐに気づきましたが、ベルタはまだ気づいていないのかもしれません」

娘を、道具として……まさかソフィーアも、私と同じようにそう思われていたとは。

「最初は少し期待されていました、魔力が貴族の中でも高かったほうなので。魔法学園に入学する時にかけられた言葉が『稼げるようになってこい』でしたから。ですがご存じの通り、私は魔法が使えませんでした」

自嘲《じちょう》気味に微笑《ほほえ》むソフィーア。

彼女の笑顔は好きだが、今の笑みはあまり好きにはなれない。

「それから家族にはもう期待されず、見放されました。両親としてはすぐに私を結婚させたかったようですが、貧乏な伯爵家の令嬢はあまり魅力がないようで、婚約は決まりませんでした。私は特に社交界で愛想がいいほうでもありませんでしたから」

ソフィーアが、私以外と結婚……あまり想像したくはないな。

「ベルタは社交性があって貴族の男性からも人気が高く、すでに婚約を何度か申し込まれているようです。まだ婚約はしていないと思いますが」

ふむ、あの典型的な猫を被《かぶ》ったような女が社交界で人気とは。

私が一番面倒で嫌うような女だったが、あれに騙《だま》されるような奴もいるのだな。

「ベルタは両親に愛されていると思っているようですが……あれは愛なんかじゃありません。ベルタが上級貴族と結婚できてお金が多く稼げる可能性が高いから、期待されているだけです」

「……なるほど」

イングリッド伯爵家の夫妻は、娘を金を稼ぐ道具としか思っていないのか。

金など自分で働いて稼げば……いや、それができるほど有能だったら、そのような考えには至らないか。

「幸いにも、伯爵家が雇っていたメイドに優しい人がいたので、私はその人に懐いていました。そのメイドに愛情をもって育てられたので、自分の家族が歪《いびつ》だったことに気づくことができました」

そんな家庭環境でよく綺麗《きれい》に育ったと思っていたが、ソフィーアには愛を教えてくれた優しいメイドがいたのか。

「私がアランと結婚する時に両親からは『見直したぞ』と言われましたが、全く嬉《うれ》しくありませんでした。私はイングリッド家が……家族が、嫌いでした」

ソフィーアは悲しげに笑って言った。

「話を聞いてくださって、ありがとうございます」

「いや、むしろ話してくれてありがとう」

「……すみません」

「なぜ謝るのだ？」

私がそう問いかけると、ソフィーアはまた自嘲《じちょう》気味に笑う。

「レベッカと家族になりたい、アランに家族になれるなどと言ってきましたが……私自身、家族というものがあまりわからないのです。イングリッド伯爵家は、家族ではなかったですから」

「……だから諦《あきら》める、という話か？」

そうだったらとても残念だが、私が今まで接してきたソフィーアなら……。

「いえ、それは違います。謝ったのは家族というものを知らないのに、知ったような顔をしてアランに家族になれると言ってしまったことです」

ソフィーアはまっすぐに私の目を見つめて、真剣な表情で言う。

「ですが諦めるわけではありません。私は歪な家族を見てきたから、家族というものに憧《あこが》れがありました。そして私達なら、レベッカとアランとなら……憧れた家族になれると思っています」

私はその言葉を聞いて、思わず口角が上がった。

ソフィーアなら、そう言うと思った。

私は彼女が伯爵家で虐げられているとは知らなかった。想像もしなかった。

観察眼が高いと自負がある私が、一切気づかなかったのだ。

隠すのが上手《うま》いとかではない。彼女はとても強《したた》かで、そんな環境にいても腐らずに芯《しん》を持っていた。

彼女は愛想がないと言っていたが、そんなことはない。ただベルタのように猫を被《かぶ》って男性から気に入られようとしていない。

そちらの方が両親から形だけでも愛されるとわかっているのに。

凛《りん》とした美しさを持った女性だ。

私はソフィーアを高く評価していたつもりだったが、まだ低かったようだな。

「私も、そうだ」

「えっ……？」

彼女が家族について話してくれたのだから、私も話すべきだろう。

「私も家族に憧《あこが》れがある。なぜなら私もソフィーアと同じように、家族を持っていなかったからだ」

「そう、なのですか……」

ソフィーアは目を見開きながらも、予想していたのかあまり驚いている様子ではない。

おそらく少し想像していたのだろう、私も家族に関して何か抱えていることを。

「私の父親も、家族を道具としか思わないようなクズだった――」

――私の父親は、妻を子供を産む道具としてしか考えておらず、俺と弟を産んでからすぐに母親とは別居し、形だけの婚姻関係を続けていた。

俺と弟は公爵家の令息として、厳しく育てられた。

レベッカよりも幼い時から血反吐《ちへど》を吐くような教育を受けた。

私は才能があったのでその教育や期待に応えられてきたが、弟は無理だった。

だから弟の教育は早々に終わり、私はさらに厳しい教育を受けた。

私が十八歳の頃、弟は婚約者がいるのに他所《よそ》の令嬢との間に子供を作った。

父親は激怒して弟を勘当し、平民街に飛ばした。

その腹いせのように、父親は私に対してさらに教育を厳しくした。

死ぬかと思ったほどで……正直、馬鹿な真似《まね》をして平民に落ちた弟が羨《うらや》ましかった。

だが五年前、父親は馬車の事故であっけなく死んだ。

全く悲しくなかった、むしろ苦しんで死んでくれればよかったのに、とさえ思った。

それから私は父親に代わって、ベルンハルド公爵家当主になった。

当主になってから忙しくなったが、父親がいないというだけで気が楽ではあった。

そして一年前、弟夫婦がこれまた事故で亡くなり、レベッカを引き取った。

引き取った一番の理由は……私は違うと証明したかったのだろう。

父親も弟も、親としてはクズなことをしていた。

私だけは違うと否定したかったのだ。

「そう、だったのですね……」

そこまで話すと、ソフィーアはゆっくりと頷《うなず》いた。

「ああ、否定したかったが……私はレベッカに厳しい教育をしてしまった。言い訳になるが、私はレベッカよりも小さい頃から厳しい教育を受けていたから、加減がわからなかった」

ああ、本当にただの言い訳だ。

あのままだったらおそらく、私は父親や弟と同じような子供のことを考えられないクズみたいな親になっていただろう。

しかしそうはならなかったのは、ソフィーアがいたからだ。

「私は良い親にはなれない、家族を作れない。そう思っていたのだが……ソフィーア、あなたとだったら家族になれるだろうか」

◇◇◇

アランの生い立ちを聞いて、私は胸が痛かった。

私の想像以上に、彼は過酷な幼少時代を過ごしていた。

でも彼は父親に負けることなく、今まで生きてきたのだろう。

父親も弟も、家族を大事にしなかった。

だから自分は家族を作れるかと不安だったのね。

前に私がレベッカの教育係を解雇した時、アランは自分が厳しくすぎたと認めていた。

そして、一言。

『――私は、違うと思っていたのだがな』

そう言っていたけど、あれは自分の父親と弟とは違うと思っていた、ってことなのね。

あの時の会話を私は、はっきりと覚えている。

今もその時の言葉を、もう一度伝えたい。

「はい、必ずなれます。私と、レベッカと、アランで。私達は全員同じ気持ち、家族になりたいと思っているのですから」

私は笑みを浮かべてはっきりと言うと、アランは安心したように笑う。

「ああ、ありがとう、ソフィーア。やはり私は、あなたが妻で本当によかった」

「私もです、アラン。あなたの妻になれたことはとても幸運です」

「そうだな。私が女性をここまで愛《いと》おしく感じる日がくるとは、夢にも思わなかった」

「……えっ？」

い、愛おしく？

そ、それって、恋愛的な意味で？

いやだけど、アランに限ってそれは違うのかしら？

親愛的な、その、家族愛みたいな感じでってことよね？

だけど今の雰囲気は……！

「ん、馬車が停まったか。屋敷に着いたようだな」

「えっ、あ、そ、そうですね！」

「どうした？　何か慌てているようだが」

「いや、その……今アランが言った『愛《いと》おしく感じる』っていうのは、家族的な意味ですよね？」

「……」

えっ、なんでそこで黙るの？

彼は少し目を見開いてから、顎《あご》に手を当てて考えている。

そこまで考えるようなこと？

もしかして私が自意識過剰で、傷つけないように言葉を探してくれているのかしら？

「す、すみません、変なことを聞いてしまって」

「いや、問題ない。ただ……愛おしく感じるというのは、本当のことだ」

「は、はい、ありがとうございます」

「それが家族の親愛か……ふっ、どうだろうな」

アランにもよくわかってないみたいだけど、彼は楽しそうに笑った。

そして馬車のドアを開けて、彼が先に外に出る。

わ、私はドキドキしたままなんだけど……！

そんな浮ついた気持ちで立ち上がり、馬車から出ようとしたからか。

足元が疎《おろそ》かになり、階段を踏み外してしまった。

「あっ……」

落ちる、と思った瞬間、目の前にはアランがいて……一瞬の浮遊感と共に、彼の顔が一気に近づいた。

「ふむ、運んでほしいということか？」

「えっ、あ……！」

抱きかかえられて助けられただけではなく、私はアランに横抱きにされて持ち上げられている。

こ、これって、お姫様抱っこってやつじゃ……しかもこの体勢、アランとの顔が近い！

「す、すみません、足を踏み外して……！」

「そうか、いきなり積極的になったのかと思って驚いたぞ」

「た、助けてくれてありがとうございます！　その、もう下ろしていただいても……」

「いや、このまま屋敷に入るか」

「えっ!?」

な、なんで!?

「足元が覚束《おぼつか》ないようだからな」

「だ、大丈夫です！　少し考え事をしていただけですから！」

「それなら抱えられたままの方が考え事に集中できるだろう？」

いや、全く集中できないし、考えごとじゃなくて本当はただドキドキしていただけで。

この体勢じゃさらにドキドキしてしまう……！

だけどそれを伝えるわけにもいかない。『アランを愛してはいけない』と契約しているんだから。

「大人しくしていろ、ソフィーア」

「……はい」

アランはもうすでに屋敷に向かって歩き出していて、私を下ろす気はないようだ。

顔がものすごく近いので、私は顔を逸《そ》らしておく。

おそらく顔も赤くなっているので、アランに見られないようにする。

このまま屋敷に入ったら、今後ろについている執事長のネオ以外にも、いろんな使用人に見られてしまうわね。

それはもうしょうがないとして、レベッカにはあまり見られたくない。

なんとなく、親としてね。

屋敷の玄関にいないことを願っているわ……。

そう思いながら中へ入ると、レベッカはいなかった。

代わりに大勢の使用人達に見られてしまったが、それは覚悟していた。

だけど使用人達が少し騒がしいかしら？

なんだかバタバタしている気がする。

「どうしたんだ？」

アランが使用人に問いかける、私を横抱きしたまま。

そろそろ下ろしてほしいんだけど……。

「あっ、旦那様、奥様、お帰りなさいませ。実はご報告することがありまして」

「なんだ？」

「レベッカ様が、熱を出されたようでして……」

「えっ!?」

アランに横抱きにされたままの格好で、思わず大きな声を上げてしまった。


その後、私はすぐにレベッカの部屋へと向かった。

「レベッカ！」

私が部屋に入ると、レベッカはベッドで寝転がっている……わけではなく、机に向かっていた。

えっ、熱が出ているんじゃ……？

「あっ……ソフィーア様。お帰りなさいませ……」

レベッカは私の方を向いて、愛らしい笑みを浮かべてくれた。

しかしその表情はいつもよりも辛そうで、顔も赤くて汗をかいている。

「レベッカ、大丈夫なの？　顔が赤いけど」

「大丈夫、です……ご心配をおかけして、すみません」

いや、全然大丈夫じゃなさそうだけど……！

私はレベッカに近づき、おでことおでこをくっつけて熱を測る。

「っ、すごい熱じゃない……！」

子供の体温は高いと聞くけど、いくらなんでも高すぎる。

確実に体調が悪そうなのに、彼女は机に座って勉強をしていた。

「レベッカ、辛いでしょ？　しっかり休まないと」

「ですが、まだ今日の分の勉強が……」

こんなに辛そうなのに勉強を？

なんでこんな無理をして……！

「ダメよ、レベッカ。寝なさい」

「で、ですが……」

「レベッカ」

私は語気を強めて言うと、彼女はビクッと震える。

一気に怯《おび》えるようになって、涙目で私を見上げてくる。

「ご、ごめんなさい……！」

レベッカは私に怒られて、とても怯えてしまっている。

彼女は両親といた頃も、教育係からも怒られ続けてきた。

だから怒られるという行為が、心の傷になっているのだろう。

そんな彼女に怒りたくはないんだけど、今回は仕方ない。

「ほら、ベッドに寝なさい」

「はい……」

レベッカは素直に従ってくれるが、怖がりながらという感じだ。

彼女が寝転がって布団をかけて、私はベッドの縁に座って話す。

「レベッカ、私が怒った理由はわかる？」

「わ、私が言うことを聞かないから、ですか？」

「違うわ」

「え、えっと……私が体調を崩したから……」

「違うわ、レベッカ。あなたが、自分の身体を大事にしないからよ」

レベッカは寝転がりながら、少し目を見開いて驚いたようだ。

「それに私は怒ったんじゃなく、叱っているのよ」

「しかる……」

「そう、レベッカが自分の身体を虐《いじ》めるようなダメなことをしたから、正すために叱るの。あなたのことを思って叱るのよ」

叱ると怒るは、少し似ているけど全く違うものだ。

怒るは自分の感情のためで、相手に当たり散らす、八つ当たりみたいなもの。

レベッカは両親や教育係に怒られてきたから、すごく怖がっていた。

だけど叱るは、間違っていることを教え導いて正すこと。

「体調が悪いのに無理して勉強なんかしちゃダメ。自分の身体を大事にしなさい」

「……はい、ごめんなさい」

レベッカは素直に謝った。少しでも怒ると叱るの違いがわかってくれたらいいけど。

「ほら、目を閉じて、レベッカ。しっかり休むのよ」

「はい……」

レベッカは目を閉じて、私が頭を撫《な》でてあげると、すぐに寝息が聞こえてきた。

こんなに早く眠るなんて、よほど無理をしていたのだろう。

彼女が寝ると同時に、部屋のドアが開いてアランが入ってきた。

「レベッカは……寝ているのか」

寝ていることに気づいたアランが声を少し抑えた。

私は頷《うなず》いて、同じく声を抑えて話す。

「はい、もう寝ました」

「医者を呼んだ、すぐに来るだろう」

「ありがとうございます」

アランの言うとおり、医者はすぐに来てくれた。

寝ているレベッカを診察してくれて、結果はただの発熱らしい。

しばらく安静にすればすぐに治るとのこと。

はぁ、本当によかった……。

私達はレベッカの部屋から出て、私とアランは夕食時なので食堂へと向かった。

食事をしていても、私はレベッカが心配でソワソワしてしまう。

「レベッカはしっかり食事を取れるのでしょうか……」

「わからないが、粥《かゆ》など胃腸に優しい食事を用意させるつもりだ」

「ありがとうございます。公爵家の料理人だったら、栄養なども問題ないですね」

「……どうだろうな。私は病気になったことがないから、粥などを作らせた覚えはない」

「えっ、そうなのですか？」

病気にもなったことないって、どれだけ完璧人間なの、アランって。

「ああ、そもそも魔力量が高い者は体調を崩すことはあまりない。私は小さい頃から魔力を鍛えているから、まず病気にならない」

「なるほど……確かに私も人と比べれば、元気なほうだったかもしれません」

それでも多少の病気はあったわね……あっ、今思うと予知夢を見た次の日とかは体調が悪かったかも？

やっぱり予知夢で魔力を一気に使っているのでしょうね。

「ああ、だから少しおかしいのだ」

「えっ、何がですか？」

「レベッカは魔力量が高い。だから多少の無理をしても発熱などしない。実際、公爵家に来てから一年間、レベッカは一度も体調を崩さなかった」

「えっ、ということは……」

「よほどの無理をした。あるいは、魔力が減っていて耐性が下がっていたか」

「……そのどちらもかもしれません」

レベッカは前に魔法の練習をした時、私に当てかけた。

アランが守ってくれたから大事には至らなかったけど、レベッカはとても後悔していた。

だから魔法学などを勉強して、魔力の操作をとても練習していた。

私が貴族との付き合いで忙しかった時期に、無理をして練習をしていた可能性がある。

「はぁ、本当にあの子は……」

とても優しくて素晴らしいんだけど、無理をしすぎるのはダメね。

夕食を食べ終わり、私はレベッカの部屋に向かう。

部屋のドアを開けて中に入ると、レベッカが上体を起こしていた。

「あっ、ソフィーア様……」

「レベッカ、起きたのね。体調は大丈夫？」

「はい、少し楽になりました」

「それはよかったわ。食欲はある？」

「その、少しだけ」

「それなら持ってきてもらいましょうか」

私はメイドに食事を持ってきてもらうように言った。

しばらく待つと粥《かゆ》が運ばれてきた。

私はそれを受け取り、ベッドの横に椅子《いす》を持ってきて座り、彼女に食べさせる。

「レベッカ。はい、あーん」

「じ、自分で食べられます」

「いいのよ。ほら、口開けて」

「うぅ……あーん」

レベッカは少し恥ずかしそうにしながらも口を開けて、もぐもぐと食べてくれる。

ふふっ、やっぱり可愛《かわい》いわね。

量も多くないので、私が全部あーんをして食べさせた。

「よく食べられたわね」

「はい、ありがとうございます」

医者に処方された薬もレベッカは飲んだ。

これですぐにでも治ってくれればいいけど。

「レベッカ、あなたに質問があります。正直に答えてね」

「は、はい」

「ここ最近、自分の部屋で隠れて魔法の練習をしていたの？」

「あっ、それは、その……」

レベッカは少し慌てて視線を逸《そ》らすが、私はまっすぐと彼女の目を見る。

するとレベッカも視線を合わせて、申し訳なさそうに答える。

「すみません、していました……」

「やっぱり……私に魔法を当てかけたことはもう気にしなくていいのよ？　これからしっかり学んでいけば、もうあんなことは起きないから。レベッカなら普通に勉強していけば大丈夫。焦らなくていいのよ」

「……はい、すみません」

視線を下げて謝るレベッカ。

私は彼女の頭を撫《な》でながら話を続ける。

「だけどレベッカ、私もごめんなさいね。最近は忙しくて、あなたのことを見てあげられなかったから」

お茶会などの社交の場に行ってばかりで、レベッカとあまり接してあげられなかった。

私がしっかり見ていてれば、無理をさせずにすんだかもしれないのに。

「いえ、私が無理をしすぎたせいで……」

「無理をしたっていう自覚はあるのね？」

「あっ……すみません」

「ふふっ、今後は気を付けてくれたらいいわ」

「はい……」

レベッカは返事をしてから、また眠そうに欠伸《あくび》をした。

やはりまだ疲れが溜まっているようね。

「また寝てもいいのよ、レベッカ」

「はい……その、眠るまで、一緒にいてくれますか？」

「ええ、もちろん」

ようやく素直に甘えられるようになってきたわね。

身体が弱っているからかもしれないけど。

またレベッカが寝転がって、私はベッドの縁に座って彼女と手を繋《つな》ぐ。

その時、ノックの後にレベッカの部屋のドアが開いて、アランが入ってきた。

「レベッカ、大丈夫か？」

「あっ、アラン様。はい、大丈夫、です」

「起き上がらなくていい、レベッカ」

「ありがとうございます……」

彼もレベッカが心配で来てくれたのだろう。

さっきもすぐに医者を呼んでくれたし、レベッカが寝ている時にもお見舞いに来てくれた。

あっ、そうだ。

「アラン、あなたもレベッカの手を繋いであげてください」

「手を？」

「はい、レベッカもいいかしら？」

「は、はい」

いつもなら少し緊張しそうなレベッカだが、今なら大丈夫そうね。

アランは私と反対側のベッドの縁に座り、彼がおそるおそるレベッカと手を繋いだ。

私がレベッカの右手を、彼が左手を繋いでいる。

「アラン様の手は、おっきいですね……」

「そうか。レベッカの手は、小さいな」

ふふっ、なんだか二人で可愛《かわい》らしい会話をしているわね。

初めて手を繋《つな》いだ二人、少しずつ仲良くなっていっていると思う。

「レベッカ、これで寝られるかしら？」

「はい……」

「しっかり眠って、体調を治すんだぞ」

「はい、ありがとうございます……」

レベッカはそのまま眠ると思いきや、眠そうにしながらも話す。

「アラン様、ソフィーア様……お願いしても、いいですか？」

「ん？　なにかしら？」

眠るまで手を繋いでて、というお願いかと思った。

しかし……。

「お二人のことを、お父様、お母様と……呼んでもいいですか？」

「っ……！」

レベッカの言葉に、私は目を見開いてしまった。

まさかそんなお願いをされるとは、思わなかった。

そういえば前に、レベッカにお願いごとを聞いたけど、その時に言いづらそうにしていたことがあった。

『ソフィーア様の呼び方、なんですが……』

『ま、まだ少しこれは緊張するので……違うことでもいいですか？』

そんなことを言われて、何だったのかと思ったけど。

その時から、そう呼びたいと思ってくれていたのね。

アランを見ると彼も驚いている様子で、私と視線を合わせる。

そしてお互いに頷《うなず》いた。

「ええ、もちろんいいわよ、レベッカ」

「ああ、構わないぞ、レベッカ」

私とアランがそう言うと、レベッカは少し緊張しながらも口を開く。

「……お母様」

「ええ」

「……お父様」

「ああ」

「お父様、お母様……えへへ」

とても嬉《うれ》しそうに笑うレベッカ。

私もアランもつられて笑みを浮かべてしまう。

「お母様……私、叱られたのは、初めてで……怖かったけど、なんだか嬉《うれ》しかったです」

「私も叱ったのは人生で初めてよ。最初で最後がいいけど、レベッカのためなら心を鬼にして何度でも叱るわ」

「はい……私も叱られないように、頑張ります」

私とレベッカは顔を合わせて笑った。

「お父様……私、お父様と手を繋《つな》いだの、初めてです。前の父親とも、手を繋いだことは、なかったです」

「そうか。繋ぎたい時はいつでも言ってくれ」

「はい……ありがとうございます」

アランとレベッカも、顔を合わせて笑った。

ああ、本当に、とても幸せね。

私とアランはどちらも「家族になりたい」と言っているけど……もうすでに、なっているのかもしれない。

レベッカのお陰でまた家族の絆《きずな》というものが、深まった気がする。

その後、レベッカはとても幸せそうに眠った。

私とアランは静かに手を外して、部屋の外に出た。

「とても可愛《かわい》らしかったですね」

「そう、だな。あまりそういう感情はわからないが、愛《いと》おしく感じた」

あのアランですら愛おしく感じるほど可愛いのね、レベッカは。

「ソフィーアに対してとは近い感情だが、少し違うな。守ってあげたいという庇護欲が大きい気がする」

「そうなんですね……ん？」

私に対してと、近い感情……？

い、いや、まあ家族としてって意味よね、うん。

だけどレベッカを守ってあげたいという気持ちが、アランの中にも芽生えたのならよかった。

これでレベッカが破滅する未来の可能性は、どんどん低くなっているだろう。

私だけでもレベッカを愛してあげればと思っていたけど、アランもしっかり愛してくれるならばとても嬉しい。

「レベッカが治ったら、三人で遊びに行きませんか？　スイーツ店で商品もいっぱい買いましたし、ピクニックとかに行くのもいいかと思ったのですが」

私はそう言ってから、すぐに彼が公爵家当主で忙しいことに気づく。

今日一緒に出かけたから、少し忘れてしまっていたわ。

「その、忙しければいいんですが……」

「いや、問題ない。最近は社交パーティーもないし、仕事も急ぎの用は特にないからな」

「あっ、そうなのですね、よかったです」

「おそらく明日にはレベッカも治るだろうが、大事を取って数日後でいいか？」

「はい、そうですね」

意外と仕事には余裕があるようね。

「ピクニックの準備はこちらでやりますので、アランは午後の時間を空けてくだされば大丈夫です」

「ああ、ありがとう。食事は、買ったスイーツだけなのか？」

「えっ？　うーん、そうですね……」

スイーツ店で買ったのは全種類でとても多いだろうし、それを持っていけばいいと思ったのだが、確かに日持ちが悪いものがあるから、全部は持っていけないわね。

それにスイーツだけだと、甘いものが苦手なアランは食べるものがなさそうね。

「料理人に頼んで、手軽に食べられる食事を準備させますね」

「……それもいいが、私はソフィーアの作った物が食べたいな」

「えっ、私のですか？」

「ああ、スイーツでも普通の料理でも。私はソフィーアの作る物が好物だからな」

アランが笑みを浮かべて言った言葉に、私はドキッとしてしまう。

ま、まさかそんなことを言われるなんて思わなかった。

「わ、わかりました。頑張って作ります……」

「ああ、頼んだ。期待している」

アランが笑みを浮かべて言ったのを見て、私は顔を逸《そ》らした。

なんだか最近、アランにドキドキさせられることが多くなってきた気がする。

契約結婚なんだから、あまり惚《ほ》れこまないようにしないと……！

エピローグ

数日後、レベッカの体調が完全に治った。

体調を崩した翌日にはよくなっていたけど、念のため長めに休みを取らせた。

私が貴族との付き合いで忙しい時にレベッカは無理をしていたようだから、少しくらい勉強を遅らせても問題ないだろう。

私は自分の身支度を終えてから、レベッカの部屋へと向かう。

「レベッカ、準備は大丈夫？」

「はい、ソフィーア様！　とても楽しみです！」

レベッカは体調が悪かったのが嘘《うそ》だったかのように、すっかり元気になって楽しそうに笑っていた。

今日のピクニックがよほど楽しみだったようで、朝食の時からソワソワしっぱなしだった。

そんな可愛《かわい》い姿を見るだけで癒《い》やされるわね。

だけど一つ、訂正するところがある。

「レベッカ、呼び方は？」

「あっ……その、お母様……」

「ふふっ、うん、それでいいのよ」

やはりまだ少し慣れていなくて、呼ぶのが恥ずかしいようだ。

私も少し恥ずかしいけど、レベッカが照れるように笑うのが可愛らしくて微笑《ほほえ》ましい。

「レベッカ、その服も似合っているわね。可愛いわ」

「あ、ありがとうございます。お母様もお綺麗《きれい》で、またお揃《そろ》いで嬉《うれ》しいです！」

「ありがとう、レベッカ」

今日の私とレベッカもお揃いの服で、白のドレスに上着を着ている。

白のワンピースは元から持っていたものだが、上着は前に商人から買った物だ。

上着は黒色とお互い全く同じ色だが、少し入っている刺繍《ししゅう》の色が違う。

私は金色が入っていて、レベッカはピンク色が入っている。

女性が着るにはとても落ち着いた装飾で、可愛らしいレベッカが着ても大人らしい雰囲気になる。

「ですがお母様、なんでまたお揃いの服を？　もちろん嬉しいのですが……」

レベッカは少し不思議そうに首を傾げる。

前に私がレベッカとお揃いの服を買った時、いろんな服を多く買ったから、まだ着ていない服もある。

それなのにまたすぐ買ってきたのが不思議なのだろう。

「ふふっ、それはお父様と会ってのお楽しみかしら?」

「お父様と?」

そう、私はまだレベッカに言っていない。

少し驚かせようと思ってね。

私とレベッカは手を繋《つな》いで部屋を出て、屋敷の玄関へと向かう。

そこにはアランがすでにいて、私達のことを待っていた。

レベッカはアランに近づいて挨拶《あいさつ》をする前に「あっ!」と声を上げる。

「お、お父様も、お揃《そろ》いの……!」

「ふふっ、ええ、そうよ」

可愛《かわい》らしい目を大きく開いて驚いている様子のレベッカ。

アランも私達と同じ黒の上着を着ていて、刺繍《ししゅう》は青色だ。

刺繍の色は私とアランはそれぞれ自分で選んでいる。

レベッカはその場にいなかったので、彼女の好きな色のピンク色を私が選んだ。

私はレベッカと同じ髪色の金色で、彼は青色。

彼は刺繍の色を決める時は少し悩んでいたが、なぜ青色なのだろう?

あとで聞いてみようかしら。

「レベッカ、似合っているな」

「あ、ありがとうございます！　お父様も似合っていて、素敵です！」

「ああ、ありがとう。ソフィーアも綺麗《きれい》だ」

「ありがとうございます」

アランのいきなり褒《ほ》めてくる言葉にも慣れてきた……まだ少しドキッとはするけど。

そして私達は馬車に乗り、ピクニックができる場所へと向かう。

公爵邸から少し離れたところに綺麗な池があり、そこでシートを敷いてご飯を食べる予定だ。

もちろん護衛などもついてくるが、私達から見えないところにいるらしい。

私とレベッカ、アランは三人で並んで歩く。その後ろに執事長のネオがついてきていて、荷物などを運んでくれている。

「レベッカ、手を」

「あ、はい！」

舗装されていない地面なので、レベッカと手を繋いで歩く。

レベッカは私と左手で繋ぎ、右側にアランが立っている。

「……あ、あの」

「ん？　なんだ、手を繋ぎたいのか？」

「は、はい」

「そうか、では手を」

「あ、ありがとうございます！」

とても嬉《うれ》しそうにアランと手を繋《つな》いだレベッカ。

アランも先日、レベッカが眠る寸前に話していたことをしっかり覚えているようね。

そして私達は三人で手を繋ぎながら、池へと向かった。


池へ着くと、最初にレベッカが感動したように声を上げる。

「わぁ……すごい綺麗《きれい》です！」

透き通った水、池の底まで見えているほどの透明さだ。

今日は天気も良いので、太陽が水面に反射してキラキラと輝いている。

そして池の周りも花が咲いていて、色鮮やかに風に揺れていた。

「お母様、すごいですね！」

「ええ、とても綺麗だわ」

私もまさかここまで綺麗なところだとは思わなかったわね。

ここはアランが選んでくれたんだけど、どこで知ったのかしら？

「二人とも、気に入ったか？」

「はい、お父様！　すごい綺麗で、好きです！」

「私も気に入りました。とても素敵なところですね」

「そうか、それならよかった」

アランは少し笑みを浮かべてそう言った。

一度レベッカと手を離して、ピクニックの準備をする。

私とアランが準備している間、レベッカは池の方を見てソワソワしていた。

どうやら近くで見たいらしい。

「レベッカ、見に行っていいわよ」

「い、いいのですか？」

「ええ、だけど落ちないように気をつけてね」

「はい！　ありがとうございます！」

頭を下げてからすぐに小走りで池へと近づいて行った。

「ネオ、ついていってあげて」

「かしこまりました」

大丈夫だとは思うけど、万が一のことがあったら大変なので、ネオについていってもらう。

私とアランが残って、二人で準備を進める。

「本当にとても良いところですね、アラン。誰かから聞いたのですか？」

「いや、ここは私が昔、来たことがあったのだ」

「えっ、そうなのですか？」

「この近くで父親と剣の特訓をしていてな。休憩中に近くを歩いていたら見つけたのだ」

「なるほど、そうだったのですね」

アランが自分で見つけたのね、だからこんな綺麗《きれい》な場所なのに話題になっていないのかしら？

「誰かに話したことはなかったのですか？」

「なかったな。個人的にここは静かで気に入っていたし、私が社交パーティーなどでこの場所を言ったら絶対に話題になってしまう」

「確かにそうですね」

公爵家当主のアランが気に入った池なんて、誰もが行きたいと思ってしまうだろう。

社交界では彼のような注目される人が気に入った服などが、一気に流行することがある。

この池も彼が話していたらいろんな人が来て、もしかしたら汚れてしまっていたかも。

「だから私がこの場所を自分以外に教えようと思ったのは……家族が初めてだ」

「っ……嬉《うれ》しいです、アラン」

アランが私やレベッカを家族と思って、気に入っていた秘密の場所を教えてくれた。

それが本当に嬉しくて、幸せだと感じる。

「私も好きな場所があれば紹介するのですが……家にいることが多く、あまり外に出たことはないのですよね」

イングリッド伯爵家は私にお金を使いたくなかったから、私を外に出さなかった。

使用人も最低限しか雇えていなかったので、私は家の手伝いをやることが多かった。

だからアランのように穴場でお気に入りの場所はもちろん知らないし、誰もが知っている有名な飲食店なども知らない。

「それなら、私達と共に初めて一緒に行けるところが多くていいな」

「っ、なるほど……そう考えると、確かに嬉《うれ》しいですね」

アランの言うとおり、イングリッド伯爵家にいた頃にいろんな場所に行っていたら、確実につまらない相手と行っていることになっただろう。

両親は私のことが嫌いだし、妹のベルタと行っても絶対につまらない。

一緒に行って楽しい人と行くのが一番だろう。

今だったらレベッカと一緒に遊びに行けば、どんな場所でも楽しいと思う。

それに……アランとも。

「アランも、一緒に出かけてくれますか？」

私がそう聞くと、アランは少し目を見開いて首を傾げた。

「もちろん、そのつもりだが？」

「……ふふっ、そうですね、家族ですからね」

「家族だから、か……それも一理あるが」

アランは優しい笑みを浮かべて。

「ソフィーアだから、だな」

「えっ？」

「ただの家族、ただの妻だったら一緒には行かないだろう。一緒に行きたいと思えるほどの関係を築けたソフィーアとだからだ」

「っ、あ、ありがとうございます」

何とも恥ずかしくて、嬉しいことを言ってくれる。

だけど私も、同じ気持ちだ。

「私も、またアランと一緒に出かけたいです。前回も楽しかったですが、最後に少し邪魔が入りましたから」

「ああ、そうだな」

お互いにそう言って笑い合った。


その後、ピクニックの準備が終わったので、レベッカを呼び戻す。

レベッカも池の周りを見て回るのが楽しかったようで、いくつか花を摘んでいた。

レベッカが花を持つと可愛《かわい》らしくて、なんだかとても似合うわね。

「レベッカ、何を摘んできたの？」

私達は地面に敷いたシートに座って話す。

「種類はわかりませんが、綺麗《きれい》だと思った花です！」

「そう、それはいいわね」

「はい！　三つの色の花を摘んできたんです。その、私とお母様とお父様の分で……」

レベッカは少し恥ずかしそうに顔を赤らめて言った。

か、可愛《かわい》い……レベッカの可愛さは留まることを知らないわね。

「ありがとう、レベッカ。私はどの色なの？」

「黄色です！　お母様の髪はとても綺麗な金色だからです！」

「ふふっ、嬉《うれ》しいわ。レベッカとお揃《そろ》いの髪色よね」

「はい！」

私は黄色の花を受け取って、レベッカと顔を見合わせて微笑《ほほえ》む。

「レベッカは何色なの？」

「私はピンクです！　理由はピンク色が好きだからです！」

「そうね、レベッカに似合っているわ」

「ありがとうございます！」

ピンクの花を持って笑うレベッカは本当にとても可愛らしい。

「その、お父様のも持ってきたのですが……お花は好きですか？」

「好きでも嫌いでもない。だが、レベッカが摘んでくれた花は好きになれるかもしれない」

意外とアランもレベッカが摘んでくれた花を楽しみにしているのかしら。

レベッカがアランに差し出した花の色は、青色だった。

「これです！　ど、どうですか？」

「ふむ……レベッカ、なぜ青色を選んだのか聞いてもいいか？」

「えっと、お父様が着ている服の刺繡《ししゅう》の色に合わせました」

なるほど、確かにアランは黒の上着に青色の刺繡を施している。

家族でお揃いの服を作る時に、わざわざ青色を指定したくらいだ。

レベッカは観察眼が高いわね。

「そうか、それなら私が青色を選んだ理由はわかるか？」

青色を選んだ理由？　ただ好きだからじゃないの？

「なんとなくわかりますが、あっているかどうか……」

えっ、レベッカはわかるの？　なぜか私の方をチラッと見たけど。

「間違っていてもいい、言ってごらん」

「その……お母様の瞳《ひとみ》の色が青だから、ですか？」

「……えっ？」

全く想定していなかった答えに私は目を丸くしたが、アランは口角を上げた。

「ああ、正解だ。よくわかったな」

「ありがとうございます！」

「こちらこそありがとう、レベッカ。この青い花は、とても気に入った」

「よかったです！」

アランとレベッカは幸せそうに微笑《ほほえ》み合っている……けど、ちょっと待って？

わ、私の瞳《ひとみ》の色？

確かに私の瞳は青色だけど、まさか本当にその理由で選んだの？

言われてみればあの時、アランが色を指定する寸前に私と視線が合った気がするけど。

「このままでは枯れてしまうから、押し花にして栞《しおり》にするのはどうだ？」

「わぁ、とても素敵だと思います！」

「それならよかった。ネオ、手配しておけ」

「かしこまりました」

私が呆然《ぼうぜん》としている間に、レベッカが選んだ花は栞になることに決まったようだ。

それは嬉《うれ》しいんだけど……！

「ソフィーアもそれでいいか？」

「えっ、あ、はい！　もちろんです！」

「どうした、顔が赤くなっているが？」

「いや、その……！」

「私は君の瞳の青色を選んだが、赤くなった頬《ほお》の色でもよかったかもしれないな」

「っ、わ、わかって言っていますよね？」

「さあ、どうだろうか」

私が睨《にら》んでも、アランはとても楽しそうに笑っていた。

その後、持ってきたお弁当やスイーツなどを食べながら、ゆったりとピクニックを楽しんだが……私はドキドキが収まらず、アランと視線を合わせるのが恥ずかしかった。


ピクニックを終えて、帰り道の馬車の中。

さっきまでとても楽しそうにはしゃいでいたレベッカが眠ってしまった。

結構動き回っていたし、お腹《なか》も膨れて眠くなったのだろう。

「よく眠っているな、レベッカは」

「そうですね」

レベッカを寝転がせるために、私はレベッカの前の席に着いた。

だから今、私はアランの隣に座っている。

公爵家の馬車は豪華だけど、そこまで広いわけではない。

私はアランの肩がぶつかりそうなくらいの距離に座っている。

今までもこのくらいの距離は何度も経験してきたし、社交パーティーでは私の方から腕を組んだりしていたのに……いまさら胸が高鳴ってしまっている。

原因としてはさっきの、私の瞳《ひとみ》の色についてね。

「ソフィーアも疲れていないか？　ピクニックの準備は大変だっただろう。まさか弁当の料理が全部、ソフィーアの手作りだとは思わなかった」

「驚かせたかったので、言っていませんでした。美味《おい》しかったですか？」

「ああ、もちろん。ソフィーアが作るスイーツも好きだったが、普通の料理も好きになった」

「ありがとうございます」

ピクニックが楽しみだったのはレベッカだけじゃない。

私も張り切ってしまったが、アランが喜んでくれたのならよかったわ。

彼が秘密にしていた場所を教えてくれたから、少しでもお返しになったのなら嬉《うれ》しい。

「ソフィーアも疲れたのなら寝るか？」

「いえ、私は……」

「レベッカのように横になっては眠れないだろうが、私の肩くらいは貸すぞ？」

「えっ？　い、いえ、大丈夫です！」

まさかそんなことを言われるとは思わず、すぐに断ってしまった。

私の顔のすぐ横に彼の肩があるから、言われると意識してしまう。

「そうか、ならいいが」

「はい、お気遣いありがとうございます」

そう言ってから、しばらくの沈黙が訪れる。

気まずい雰囲気ではない、むしろ心地の良い沈黙。

ピクニックの楽しい思い出を心にしまい込んで、それを反芻《はんすう》して覚えるような時間。

それがなんとも心地よくて、この空間をアランと二人でいるのが夢のようね。

彼も、そう思ってくれているかしら？

そんなことを考えた瞬間、アランの手と私の手が当たった。

いや、違う……アランが私の方に手を動かして、そっと手を重ねてきたのだ。

「っ……」

私は膝《ひざ》の上に両手を重ねていたが、そっと動かしてアランと手を繋《つな》いだ。

ただいつもと違うのは手を重ねるだけじゃなくて、指を絡めて繋いでいる。

それだけで社交パーティーで腕を組んだ時よりも、胸が高鳴ってしまう。

「今日はありがとう、ソフィーア。とても楽しくて、仕事の疲れが癒《い》やされた」

「は、はい、こちらこそ……ありがとうございました」

そう言ってアランの顔を見上げると、予想以上に顔が近くにあった。

一瞬だけ見つめ合ってしまったが、私は恥ずかしくなってすぐに顔を逸《そ》らした。

顔を逸《そ》らしたからアランの顔は見えないが、「ふっ」と笑った声がした。

そしてなぜかアランが握った手を軽く力を入れたり、指を動かしたりしてくる。

なんかよくわからないけど恥ずかしい……！

「ソフィーア」

「は、はい」

「ソフィーア……ふむ、ソフィーア」

「な、なんでしょう？」

アランは何度か私の名前を呼んで、顎《あご》に手を当てて考えている。

「レベッカが、私達を呼ぶ名を変えただろう？」

「はい、そうですね」

お父様、お母様と呼んでくれているレベッカ。

それはとても嬉《うれ》しいけど、いきなり何の話かしら？

「レベッカが家族になるために変わったのだ。私達も何か変えるべきだと思ってな」

「な、なるほど？」

それだと呼び方を、ということかしら？

だけどレベッカを他の名前で呼ぶのは難しい気がするけど……愛娘、とでも呼ぶのかしら？

「だから……」

一度言葉を止めたアラン。私は気になって彼の顔を見上げる。

まっすぐと私の目を見つめながら、アランは続けた。

「ソフィ、と呼んで構わないか？」

「えっ……！」

ま、まさか、変えるってアランから私への呼び方ってこと？

レベッカは関係ないと思うけど？

「ソフィと呼ばれるのは、嫌ではないか？」

「あ、嫌では、ないです……むしろその、嬉しいです」

「そうか。ではソフィと今後は呼ばせてもらう」

アランは私の名前を優しく呼んで微笑《ほほえ》んだ。

その柔らかい笑みが、あの予知夢か明晰夢《めいせきむ》かわからない夢の中のアランと重なる。

「ソフィ、私はもう一つ。あなたにも少し変えてもらいたいことがある」

「な、なんでしょう？」

いろいろと衝撃を受けて戸惑っているが、アランは話を続ける。

「私と話す時はずっと敬語だが、レベッカと話す時は敬語を外すだろう？　だから私は疎外感を感じていてな」

「え、えっと……つまり？」

「つまり、私と話す時も敬語を外してほしい」

やっぱり、そういうことね。

まさかそんなことをお願いされるとは思わなかった。

公爵であるアランに敬語を外して喋《しゃべ》るのは、まだ少し緊張するけど……。

「家族なのだから、いいだろう？」

「うっ……」

そう言われると、断る理由が見つからない。

それに私も緊張するだけで、嫌なわけではない。

アランに敬語を外してほしいと言われるくらい仲良くなれたと思うと、むしろ嬉《うれ》しい。

「わかりまし……わかったわ、アラン」

「ああ、それがいい」

私の言葉を聞いて、アランはまた優しく微笑《ほほえ》んだ。

くっ、最近はアランの表情が豊かになってきて、ドキッとする頻度が高くなってきた。

今も彼と手を握っているし、恥ずかしさと嬉しさが混じっている。

彼の柔らかい笑みを見ていると、やはりあの時の夢を思い出してしまう。

……ん？

あれ、今気づいたけど、あの夢の関係に近づいていない？

夢の中では、アランから「ソフィ」と呼ばれていて、私も「アラン」と呼んで、敬語もなしだった。

ということは、やっぱりあれは予知夢だったの……？

い、いや、だけどアランはあの夢でとても甘々な対応だった、思い出すのも恥ずかしくなるほどに。

だから本当に予知夢だったのか、ただの夢だったのか、まだわからない。

でもやはりアランがあんな甘々な態度を取るとは思えないので、ただの夢な気がする。

だけど今、愛称で「ソフィ」と呼ばれたり、敬語をなしで喋《しゃべ》ることを許されたりするのも、最初に会った時では考えられなかった。

……ど、どっちか全くわからないわね。

「ソフィ、着いたぞ」

「あ、ええ……」

そんなことを考えていたら、もう屋敷に着いたようだ。

ずっと眠っているレベッカを起こすと、彼女は少し慌てたように目を覚ます。

「す、すみません、眠ってしまいました……！」

「大丈夫だ、よく眠れたか？」

「は、はい」

「それならいい。ほら」

アランが馬車から降りて、レベッカに手を差し出す。

少し驚いたレベッカだが、恐る恐るその手を握って降りた。

「あ、ありがとうございます、お父様」

「ああ」

レベッカが降りた後、アランはすぐに私の方にも手を差し出してくれた。

「ソフィ」

「ええ」

私も彼の手を取って、馬車から降りる。

目の前にアランが立っていて、その隣にレベッカがいる。

「では、私達の家に入るか、二人とも」

「ええ」

「はい！」

アランの言葉に、私とレベッカが笑みを浮かべて頷《うなず》いた。

三人で揃《そろ》って、家に帰る。

これだけで家族な感じがする。

いえ……もう私達は、家族なのね。

レベッカと仲良くなって、アランとも仲良くなった。

私が最初にきっかけを作ったかもしれないけど、私だけの力ではこの関係を築くのは無理だった。

レベッカもアランも、家族になりたいと望んでくれた。

予知夢でレベッカが愛を求めていたことは知っていたけど、まさかアランともこんな良い関係になれるとは思わなかった。

私は家族には恵まれていなかったけど、レベッカとアランと家族になれた。

予知夢を今見たら、レベッカは将来、悪役として破滅することはないかしら？

とても気になるわね。予知夢はとても便利だけど、狙って見られないのが残念だ。

いつかレベッカの未来をまた見た時、笑っていたらいいわね。

そして、私とアランの関係は……こ、このままでいいわ、ええ。

高望みしちゃいけない、今でも期待以上に仲良くなれているのだから。

隣にいるアランの顔を見つめる。

「ん？　どうした、ソフィ」

「……いえ、なんでもないわ、アラン」

あの時の夢と同じように、私を愛称で呼んで敬語なしで喋《しゃべ》るのを許してくれたアラン。

あまり期待しないようにしたいけど……全く期待しないというのは、難しい気がする。

だけど契約で「アランを愛さないこと」とあるから、破らないようにしないと。

それを破ったら家族ではいられなくなるから。

「お父様、お母様……その、また手を繫《つな》ぎたいです」

レベッカが恥ずかしそうに言った言葉に少し驚く。

しっかりお願いごとを言えるようになって、しかもそのお願いごとが本当に可愛《かわい》い。

私とアランは顔を見合わせ、微笑《ほほえ》んでから頷《うなず》いた。

「ええ、もちろんよ」

「あ、ありがとうございます……！」

「ああ、家に入るまでの短い間かもしれないが」

「それでも嬉《うれ》しいです！」

レベッカが私とアランの間に入って、手を繫いだ。

レベッカが満面の笑みで喜んでいて、アランが口角を上げて優しい笑みを浮かべている。

未来で私とアランがこのままいい家族を維持しているのか、それとも深い関係になれるのかはわからないけど……。

家族だということは変わらないでしょうね。

「だがレベッカ、私もソフィと手を繫ぎたいのだが」

「ア、アラン!?」

「えっ、そうなのですか？　じゃあ輪になって手を繋《つな》げば……！」

「それは妙案だな、レベッカ。家までの短い間なら問題ないだろう」

「いやいやアランも何を言って……えっ、本当にやるの？」

そして、本当に三人で輪になって玄関まで歩いた。

私達は何をしているんだろう、と思ったけど……レベッカが幸せそうに笑っていて、アランが真剣な表情で後ろ向きで歩いているのを見て。

私の頬《ほお》は勝手に緩んで、笑みが零《こぼ》れてしまっていた。

あとがき

読者の皆様、初めまして！　作者のshiryuです！

この度は本作を手に取っていただき、ありがとうございます！

自分の好きなキャラが皆様に魅力的に伝わっていたらとても嬉《うれ》しいです。

個人的に男性でも女性でもクールなキャラに惹《ひ》かれることもあって、アランが結構クールな性格になりました。そんな性格の男性が一人の女性に惹かれていく……ロマンですね。

その魅力を伝えるのにとても重要なキャラ、イラストを描いてくださった、藤村ゆかこ先生にはとても感謝しております。

素晴らしいキャラデザ、イラストをありがとうございます。レベッカが可愛《かわい》すぎてズルいです。

そして本作はコミカライズもすでに決まっており、動き出しております！

自分は原作者なので、原作者なので（大事なことなので二回）、すでにネームなどを見せてもらっていますが、素晴らしい出来になっていると思います。ぜひご期待ください。

読者の皆様、また二巻でお会いできることを祈っております！

以上、ここまでのお相手はshiryuでお送りいたしました！

GAGAGA
ガガガブックスf

義娘が悪役令嬢として破滅することを知ったので、めちゃくちゃ愛します
～契約結婚で私に関心がなかったはずの公爵様に、気づいたら溺愛されてました～

shiryu

発行　2024年1月23日　初版第1刷発行

発行人　鳥光 裕

編集人　星野博規

編集　大米 稔

発行所　株式会社小学館
〒101-8001 東京都千代田区一ツ橋2-3-1
［編集］03-3230-9343 ［販売］03-5281-3556

カバー印刷　株式会社美松堂

印刷　図書印刷株式会社

製本　株式会社若林製本工場

Printed in Japan　ISBN978-4-09-461168-7